ՊՈԵՄՆԵՐ

ՀՈՎՀԱՆՆԵՍ ԹՈՒՄԱՆՅԱՆ

ՊՈԵՄՆԵՐ

ISNB: 978-1-64439-756-5

ԱՆՈՒՇ

Նախերգանք

ՀԱՄԲԱՐՁՄԱՆ ԳԻՇԵՐԸ

Բազմած լուսնի նուրբ շողերին,
Հովի թևին՝ թրթռալով՝
Փերիները սարի գլխին
Հավաքվեցին գիշերով:
-Եկե՛ք, քույրե՛ր, սեգ սարերի
Չքնաղագեղ ոգիներ,
Եկե՛ք, ջահել սիրահարի
Մերը ողբանք վաղամեռ:
Օխտն աղբյուրից ջուր է առել
Կույս սափորով, լուռ ու մունջ,
Օխտը ծաղկից ծաղիկ քաղել,
Կապել սիրո ծաղկեփունջ:
Ջուրն ու ծաղիկ աստղունք դրել,
Խընդիրք արել աստղերին,
Փափագ սրտով խընդիրք արել՝
Բարի ժըպտան իր սերին…
Ափսո՛ս, Անու՜շ, սարի ծաղիկ,
Ափսո՛ս իգիթ քու յարին.
Ափսո՛ս բոյիդ թելիկ-մելիկ,
Ափսո՛ս էդ ծով աչքերին…
Ու նըրանց հետ՝ ցող-արցունքով
Լըցված սըրտերն ու աչեր՝
Սարի ծաղկունք տըխուր սյուքով
Հառաչեցին էն գիշեր:
-Վու՜շ-վու՜շ, Անու՜շ, վու՜շ-վու՜շ, քուրի՛կ,
Վու՜շ քու սերին, քու յարին…

Վուշ-վու՛շ, Սարո՛, վուշ-վու՛շ, իգի՛թ,
Վու՛շ քու սիրած սարերին…
-Եկե՛ք, քույրե՛ր, սեգ սարերի
Չըքնաղազեղ ոգիներ…
Ու փերիներն էսպես տխուր
Երգում էին ողջ գիշեր:
Կանչում էին հըրաշալի
Հընչյուններով դյութական,
Ու հենց շողաց ցոլքն արևի՝
Անտես, անհետ չըքացան:
Խոր սուզվեցին ակն աղբյուրի,
Մըտան կաղնին հաստաբուն,
Ու լեռնային վըտակների,
Ալիքները պաղպաջուն:

ԱՌԱՋԻՆ ԵՐԳ

I

Կանչում է կըրկին, կանչում անդադար,
Էն չըքնաղ երկրի կարոտը անքուն,
Ու թևերն ահա փըռած տիրաբար՝
Թըռչում է հոգիս, թըռչում դեպի տուն:
Ուր որ հայրենի օջախի առաջ
Կաղու՛ց կարոտով ըսպասում են ինձ,
Ու ձըմռան երկար գիշերը նըստած՝
Խոսում են Լոռու հին-հին քաջերից:
Դեպ էն սարերը, որ վես, վիթխարի,
Հարբած շարքերով բռնած շուրջպարի,
Հըսկա՛ շուրջպարի բռնած երկընքում,
Հըրճվում են, ասես էն մեծ հարսանքում
Պերճ Արագածի նազելի դըստեր,
Որ Դև-Ալ, Դև-Բեթ և այլ հըսկաներ,

Խոլ-խոլ հըսկաներ հընոց աշխարհի,
Փաղըրին բերին անառիկ Լոռի:

II

Է՜յ հին ծանոթներ, է՜յ կանաչ սարեր,
Ահա ձեզ տեսա ու միտըս ընկան,
Առաջըս եկան երջանիկ օրեր,
Սիրելի դեմքեր, որ հիմի չըկան:
Անցել են, ոնց որ ծաղկունքը պես-պես,
Որ անցած գարնան կային ձեր լանջում.
Անցե՜լ ձեր գըլխի հերվան ձյունի պես,
Բայց եկել եմ ես՝ նըրանց եմ կանչում:
Ողջու՜յն Ողջու՜յն ձեզ, կյանքիս անդրանիկ հուշեր,
Որբացած հոգիս ողջունում է ձեզ,
Թըռչուն կարոտով փընտրում ձոր ու լեռ,
Դյութական ձայնով կանչում է հանդես:
Դու՛րս եկեք կըրկին շիրմից, խավարից,
Դու՛րս եկեք տեսնեմ, շոշափեմ, լըսեմ,
Կյանքով շընչեցե՜ք, ապրեցե՜ք նորից,
Լըցրե՛ք պոետի հաճույքը վսեմ...

III

Եվ մութ այրերից մամռոտ ժայռերի,
Թավուտ ծըմակի լըռին խորքերից,
Մանուկ հասակիս հընչուն ծիծաղի
Արձագանքն ահա լըսում եմ նորից:
Թընդում է զըվարթ աղմուկը բինի,
Բարձրանում է ծուխն իմ ծանոթ ուրթից,
Ու բոլորն, ահա, նորից կենդանի
Ելնում են աշխույժ վաղորդյան մութից,
Ու թա՜րմ, ցողապատ լեռների լանջում...
Սու՜ս, ակա՛նջ արա,-հովիվն է կանչում...

IV

-Աղջի՛, Անաստված, նըստի՛ր վըրանում,
Ի՞նչ ես դուրս գալիս, խելքամաղ անում,
Աշուղ ես շինել, չեմ հանգըստանում,
Խաղեր կապելով,Չոլեր չափելով,
Ոչխարըս անտեր,
Ընկել եմ հանդեր:
Ամա՛ն, էրեցիր սիրտըս քու սիրով,
Ոտըս կապեցիր թել-թել մազերով,
Էլ չեմ դիմանալ, կըփախցընեմ զոռով,
Ա՜յ սարի աղջիկ,
Ա՜յ սիրուն աղջիկ,
Ա՜յ դու կարմրաթուշ,
Թուխամազ Անուշ:
Քու հերն ու մերը թե որ ինձ չըտան,
Արին կըթափեմ ես գետի նըման.
Սարերը կընկնեմ, կորչեմ անգյուման.
Ա՜յ սև աչքերով,
Ա՜յ ծով աչքերով,
Ունքերըդ կամար
Աղջիկ, քեզ համար:

V

Երգում է Սարոն, ու չի կարենում
Աղջիկը հանգիստ նըստի վըրանում:
-Էն ո՞վ էր, նանի՛, որ կանչում էր մեզ.
Դու չես իմանում…ականջ արա, տե՛ս…
-Հերի՛ք է, Անու՛շ, ներս արի դագեն,
Քանի՛ դուրս թըռչես, նայես դես ու դեն.
Տեսնողն էլ կասի- ի՜նչ աղջիկ է սա…
Հազար մարդի մոտ կերթա, կըխոսա:
-Մըտի՛կ տուր, նանի՛, էն սարի լանջին,
Ի՜նչքան ավլուկ է տալիս կանանչին…

Նանի՛, թող գընամ քաղեմ ու հյուսեմ,
Էն սարի լանջին «ջան գյուլում» ասեմ:
-Հանգի՛ստ կաց, Անու՛շ, դու հասած աղջիկ՝
Ի՞նչ ունիս ջահել չոբանների մոտ,
Նըստիր վըրանում, քու գործին մըտիկ,
Պարկեշտ կաց, աղջի՛, ամոթ է, ամո՛թ:
-Ա՛խ, սիրտըս, նանի՛, չըգիտեմ ընչի,
Մին լաց է լինում սևակնա՛ծ, տըխու՛ր,
Մին թև է առնում, ուզում է թըռչի,
Չըգիտեմ՝ թե ու՛ր, չըգիտեմ՝ թե ուր…
Նանի՛ ջան, նանի՛, ես ին՞չպես անեմ,
Ի՞նչ անի անքուն, անհանգիստ բալեդ,
Նանի՛ ջան նանի՛, կուժը թող առնեմ,
Աղբյուրը գընամ աղջիկների հետ…

VI

Կըժերն ուսած՝ թըռվըռալով
Ջուրն են իջնում աղջիկներ,
Խընդում իրար ուսի տալով,
Երգը զընգում սարն ի վեր:
-Ամպի տակից ջուր է գալի,
Դոշ է տալի, փըրփըրում.
Էն ու՞մ յարն է նըստած լալի
Հոնգուր-հոբգուր էն սարում:
Ա՛յ պաղ ջըրեր, զուլալ ջըրեր,
Որ գալիս եք սարերից:
Գալիս՝ անցնում հանդ ու չոլեր,
Յարս էլ խըմե՞ց էդ ջըրից:
Յարաբ խըմե՞ց, յարաբ հովցա՛վ
Վառված սիրտը էն յարի,
Յարաբ հովցա՞վ, յարաբ անցա՞վ
Անքուն ցավը ջիգյարի…
-Աղջի՛, քու յարն եկավ անցավ
Վառված, տարված քու սիրով,

Էրված ջիգյարն՝ եկավ անցավ,
Չըհովացավ պաղ ջըրով...
Ամպի տակից ջուր է գալի,
Դոշ է տալի, փըրփըրում.
Ա՜խ, իմ ազիզ յարն է լալի
Հոնգուր-հոնգուր էն սարում:

VII

Ու պառավ նանի սըրտի մեջ հանկարծ
Ձեն տըվավ թաքուն մի խավար կասկած.
-Էն ե՜րբ էր՝ Անուշն իր կուժը առավ,
Աղբյուրը գընաց ու ետ չըդառավ...
Ամպերն եկել են սարերը պատել,
Ջրերը լըցվել, իրար փաթաթվել,
Հազար չար ու շառ, հազար հարամի,
Հազար ջահելներ վըխտում են հիմի...
Ու ելավ տեղից պառավը հանկարծ.
-Ու կորար, Անու՜շ, ա՜յ մազըդ կըտրած...
Ու ձորի գըլխին. Ձեռքը ճակատին,
Կանչում է, կանչում անահ զավակին:
-Աղջի՜, սևասի՜րտ, քու ահը կըտրի,
Աղջիկը մենակ ձո՞րը կըմըտնի.
Ամպը կոխել է, աշխարհքը մըթնել,
Ի՞նչ ես կորցըրել՝ չես կարում գըտնել...
Աղջի, հե՜յ Անուշ, ա՜յ աղջի՜, Անու՜շ...
Ծընկանը զարկում, հառաչում է «վու՜շ».
Ու ձորի գըլխին մոլորված կանգնած
Նայում է ներքև սիրտը սևակնած:
Ամպերն եկել են սարերը պատել:
Ջրերը լըցվել, իրար փաթաթվել,
Հազար չար ու շառ, հազար հարամի,
Հազար ջահելներ վըխտում են հիմի:

VIII

-Թո՛ղ, կանչում են ինձ…մերըս կիմանա…
-Չէ՛, Անո՛ւշ, քի՛չ էլ, մի՛ քիչ էլ մընա…
-Չէ՛, թող ես գնամ… ա՜խ, ի՜նչ խենթ եմ ես…
Դու ինձ չես սիրում, չես սիրում ինձ պես,
Հենց ես եմ մենակ լալիս ու տանջվում,
Դու սարի լանջին խաղեր ես կանչում…
Վաղո՜ւց, վաղուց ես դու ինձ մոռացել…
Ես ե՞րբ եմ եկել էստեղ քարացել
Ու մընում եմ քեզ, մընո՜ւմ, անիրա՛վ,
Էնքան մընացի՝ աչքըս ջուր դառավ.
Ինձ չես լըսում,
Չես ափսոսում,
Էլ չես ասում՝
Ինչ կըլանում ես…
Ես կըվառվեմ,
Հուր կըդառնամ,
Ես կըհալվեմ,
Ջուր կըդառնամ,
Ես չըգիտեմ՝
Ինչ կըդառնամ,
Թե որ մին էլ
Էսպես մընամ…
Ասում են՝ ուռին
Աղջիկ էր ինձ պես,
Մընում էր յարին,
Ու չեկավ նա տես:
Խեղձը դողալով՝
Անհույս կըռացավ,
Դարդից չորացավ,
Ուռենի դարձավ:
Ջըրերի վըրա
Գըլուխը կախած
Դեռ դողում է նա

Ու լալիս կամաց,
Ու ամբողջ տարին
Մի միտք է անում,
Թե յարը յարին
Ո՜նց է մոռանում…

-Ա՜խ, Անո՜ւշ, Անո՜ւշ, էդ ի՞նչ ես ասում.
Բա դու չե՞ս լըսում
Են, որ լանջերին խաղեր եմ ասում.
Ո՞ւմ հետ եմ խոսում…
Էն, որ գիշերով շըհու եմ փըչում,
Էն ո՞ւմ եմ կանչում…
Էն, որ մոլորված նըստած եմ մընում,
Ո՞ւ մ հետ եմ լինում…
Էն, որ հառաչում ու ախ եմ քաշում,
Էն ո՞ւմ եմ հիշում…
Ա՜խ, Անո՜ւշ, Անո՜ւշ, անաստվա՜ծ Անո՜ւշ…
Արբեցա՜ծ, անո՜ւժ
Հառաչեց հովիվն ու սըրտին ընկավ,
Հալվեցա՜վ, հանգա՜վ…

IX

-Անու՜շ, ա՜յ աղջի՜, Անու՜շ, տու՜ն արի…
Կանչում է մերը, հառաչում, կանչում:
-Գալիս եմ, գալի՜ս, գալիս եմ, նանի՜…
Ձորից աղջկա ձենն է ղողանջում:
Ու մազերն անկարգ տըված թիկունքով
Ու ցըրված շիկնած այտերի վըրան,
Դուրս եկավ թեթև ամպերի տակից
Անուշը՝ փախած եղնիկի նըման:
Նա կուժը դատարկ ետ բերավ կըրկին,
Իսկ ուսին տարած ուսաշոր չըկա,
Թողել է էն էլ ջըրի եզերքին…
Ա՜խ, անհոգություն ջահել աղջկա…

Նանի՛, վախեցի, զանգատվում է նա,
Եվ ուզում է լալ, չի կարողանում.
Նանի՛, ներքնում ես մարդիկ տեսա,
Կարծեցի՝ թուրքեր էին լողանում...
Անիծում է ծեր մերը բարկացած
Իրեն մոռացկոտ, վախկոտ Անուշին,
Ու անեծք տալով իջնում է նա ցած՝
Դատարկ ետ բերած հին կուժը ուսին:

ԵՐԿՐՈՐԴ ԵՐԳ

ՀԱՄԲԱՐՁՄԱՆ ԱՌԱՎՈՏԸ

X

Համբարձումն եկավ, ծաղկունքը ալվան
Զուգել են հանդեր նախշուն գորգերով:
Փունջ-փունջ աղջիկներ սարերը ելան
Վիճակ հանելու աշխույժ երգերով:

-Համբարձում յա՛յլա,
Յայլա՛ ջան, յա՛յլա,
Սև սարեր, յա՛յլա,
Յայլա՛ ջան, յա՛յլա:
Երգ ու բույր խառնած,
Թև-թևի բռնած
Զուգում են լեռներ,
Ծաղիկ են քաղում,
Ծաղկի հետ խաղում,
Ինչպես թիթեռներ:
Համբարձում յա՛յլա,
Յայլա՛ ջան, յա՛յլա,

Լավ օրեր, յա՛յլա,
Յայլա՛ ջան, յա՛յլա:
Եկավ Համբարձում
Ծաղկով զարդարված,
Մեր բախտին հարցում.
-Ո՞վ է մեզ գրված:

-Ա՛յ ջան տղա, չոբա՛ն տղա, ու՞մն ես դու:
-ԱՍտված գիտի, աշխարհ գիտի՝ իմն ես դու:
Դե հանի՛ր, աղջի՛,
Վիճակն ի բարին,
Երգերով գովենք
Էն իգիթ յարին:
-Բեղը ծիլ-ծիլ, բոյը թիլ-թիլ էն յարի,
Ի՞նչ դարդ ունեմ քանի նա կա աշխարհի:
Համբարձում յա՛յլա,
Յայլա՛ ջան, յա՛յլա,
Հուր սրտեր, յա՛յլա,
Յայլա՛ ջան, յա՛յլա:
Թրնդում են երգեր, խրնդում են սրտեր,
Ու շուրջ բոլորած վիճակ են հանում.
Ելնում է մեկին իր երազն ու սեր,
Մյուսի մուրազը սրտումն է մրնում:

XI

Պրտույտ է տալիս վիճակը նորից
Քուշուշքը գլխին ծաղիկ Ծաղկամեր,
Թրնդում «ջան գյուլում» մատաղ սրտերից,
Հետը զրվզրվում են ծաղկոտ սարեր:
-Ա՛յ թուխ մազավոր աղջիկ,
Ա՛յ սարի սովոր աղջիկ,
Ջիգյարին գյուլլա դիպչի
Քեզ սիրի ով որ, աղջիկ:

-Ո՜հ, ի՜նչ սև վիճակ քեզ բաժին ընկավ,
Սևաբա՛խտ քուրիկ, նազելի Անուշ.
Քու ձեռը կոտրի, ով որ հանեցիր...
Ու ողջ մընացին մոլորված, ապուշ:
-Սուտ բան է, քուրի՛կ, դու մի՛ հավատար,
Լոկ պատահական մի չար խոսք է սա.
Սիրտըդ մի՛ կոտրի սուտ բանի համար,
Քու խաղը խաղա՛, ջան գյուղում ասա:
-Ա՜խ, չէ՛, ես գիտեմ, որ ես բախտ չունեմ.
Ես երբե՜ք, երբե՜ք բախտ չեմ ունեցել...
Ես միշտ էլ էսպես անբախտ կլինեմ.
Մանուկ օրից են դեռ ինձ անիծել...
Ասում են՝ մի օր, ես օրորոցում,
Մի պառավ դարվիշ մեր տուն է գալի,
Իր խաղն ասում է ու բաժին ուզում,
Իմ նանը նըրան բաժին չի տալի.
-Կորի՛, ասում է, կորի՛ մեր դըռնից,
Երեխաս ճաքեց, հեռացի՛ր, գընա՛...
Ու դարվիշն էնտեղ անիծում է ինձ,
Էն՝ դըրա օրը լացով անց կենա...
Ա՜խ, էն դարվիշի անեծքին անգութ
Ու էս վիճակին տեղյակ է աստված.
Սիրտըս էլ միշտ փա՜կ, սիրտըս էլ միշտ մու՜թ,
Ի՜նչ կա, չըգիտեմ, իմ առջև պահված...
-Մի՛ տըրտմիր, Անու՛շ, մի՛ լինիր համառ.
Մեր ձեռքով հանած մի անմիտ վիճակ,
Մի խելառ դարվիշ, մի անեծք հիմար,
Ու լալիս ես դու էդպես սըրտաճա՜ք...
Հանգի՛ստ կաց, քուրի՛կ, դու մի՛ հավատար,
Լոկ պատահական մի չար խոսք է սա,
Սիրտըդ մի՛ կոտրի սուտ բանի համար,
Քու խաղըդ խաղա, ջան գյուղում ասա:
(Խումբը երգում է)

Աղջի, բախտավո՛ր,
Երնե՛կ քու սերին,
Քու սարի սովոր
Սև-սև աչերին:
-Համբարձում յա՛յլա,
Յայլա՛ ջան, յա՛յլա,
Սեր-օրեր, յա՛յլա,
Յայլա՛ ջան, յա՛յլա:
Մեռնեմ զարունքիդ,
Ծաղկած զարուն ես,
Սարի պես մեջքիդ
Կանգնած յար ունես:
-Համբարձում յա՛յլա,
Յայլա՛ ջան, յա՛յլա,
Սար-յարեր, յա՛յլա,
Յայլա՛ ջան, յա՛յլա:
(Անուշը մենակ)

Ա՜խ, իմ բախտը կանչում է ինձ,
Չեմ հասկանում՝ դեպի ուր…
Դողում է պաղ նրա ձենից
Իմ սիրտը սև ու տըխուր:
Դուք էլ, սարի սիրուն ծաղկունք,
Թաքուն մի ցավ ունիք լուռ,
Աչիկներըդ լիքն է արցունք,
Սիրտներըդ սև ու տըխուր:
Ա՜խ, ծաղիկներն էս աշխարհքում
Տանջվում են միշտ էսպես զուր,
Տըրորվում են ու թառամում՝
Սիրտները սև ու տըխուր:
(Խումբը հեռվից)

-Համբարձում յա՛յլա,
Յայլա՛ ջան, յա՛յլա,

Վառ ցավեր, յա՛յլա,
Ցայլա՛ ջան, յա՛յլա:

ԵՐՐՈՐԴ ԵՐԳ

XII

Ձըմռան մի գիշեր կար մի հարսանիք,
Հըրճվում էր անզուսպ ամբոխը գյուղի.
Գյուղն էին իջել հովիվ պատանիք`
Աղջիկ տեսնելու, պարի ու կռվի:
Ու պարից հետո լեն հըրապարակ
Բաց արին մեջտեղն արձակ գըլխատան,
Ջուռնաչին փըչեց կռվի եղանակ,
Աhել ու ջահել իրարով անցան:
Հարա՛յ են տալի-« քաշի՛ հա, քաշի՛...»
Ու դուրս քաշեցին զոռով երկուսին.
Մինը մեր Մարոն, իսկ մյուսն Անուշի
Անդրանիկ եղբայր զառնարած Մոսին:
Ողջ գյուղը կանգնեց պարըսպի նման,
Ջոկվեց, բաժանվեց երկու բանակի,
Ամեն մի բանակն ընտրեց փահլևան,
Կանգնեց թիկունքին տըղերանց մեկի:
Գոռում են, գոչում երկու բանակից.
-Սըրտապինդ կացե՛ք, մի՛ վախեք, տըղե՛րք,
Իսկ նորեկ հարսի փարդի քամակից
Նայում են կանգնած հարս ու աղջըկերք:

XIII

Վեր կացավ Մոսին. իրեն կըտրատում,
-Թող գա՛, գոռում է, որ բըռնենք նորից,

Թե չէ նամարդը, արևս եմ երդվում,
Էլ չի՛ պըրծնելու երբեք իմ ձեռից:
Վե՛ր չի զցել ինձ… ինձ խաբել է նա…
Մեյդան բաց արեք, թող մին էլ մեջ գա…:
Ու ամեն կկողմից ուրախ հըռիհըռում,
Թունալի ծաղրով կանչում են , գոռում.
-Չե՛լավ, էդ չե՛լավ,
Վեր չի զըցել դեռ,
Մոսին թող ելավ-
Խոզապարկուկ էր…
Հա՛, հա՛, հա՛, տըղե՛րք,
Մեջքը թափ տըվեք…:

XIV

Եվ աղմկալի հարսանքի տանից
Դուրս եկավ Մոսին սաստիկ վիրավոր.
Արյուն է կաթում սնակնած սըրտից,
Գընում է ըշտապ, քայլերը մոլոր:
-Ամո՛թ քեզ, Մոսի՛, թու՛ք ու նախատինք,
Ամո՛թ քեզ նըման գոված իգիթին,
Մի անունըդ հիշիր, մի բոյիդ մըտիկ,
Դեռ քո թիկունքը չէր տեսել գետին:
Ի՛նչպես վեր ընկար դու՛ սարի նըման,
Երբոր նայում էր ողջ գյուղը կանգնած…
Դու՛ կուչ զաս տակին Սարոյի ծընկան,
Նըրանից հետո երևաս կանա՛նց…
Եկա՞ծ էր էս բանն իսկի քու գըլխին…
Ծաղրատեղ դառար բովանդակ գեղին…
Դե մեռի՛ր էլի՛, գետինը մըտի՛ր,
Տանը վե՛ր ընկի՛ր՝ իլիկ պըտըտիր…:

XV

-Վա՛յ, վա՛յ, Մո՛սի ջան, ինձ մի՛ ըսպանիր,
Ըրանից հետո չե՛մ սիրիլ նըրան…
Վախենում եմ ես… դամեղ տեղը դիր…
Միրտըս դողում է տերևի նըման…
Խնդրում էր լալով եղբոր առաջին
Անզոր ու դալուկ իր քույրը չոքած.
Մոսին՝ փայլկըտուն խանչալը ձեռին՝
Ուզում էր մորթել նըրան աչքը բաց:
-Դե իմ անունով երդվի՛ի, անըզգա՛մ,
Որ էլ Սարոյին դու չես սիրելու,
Թե չէ՝ տեսնու՞մ ես, խանչալը հանած՝
Մինչև դաստակը սիրտըդ եմ խըրելու:
Քու ոտի հողն եմ, Մոսի՛ ջան, Մոսի՛,
Դու քու եսիրին երդու՞մ ես տալիս…
Ես էլ Սարոյին չեմ սիրում՝ ասի,
Տեսնու՞մ ես չոքած ինչպե՞ս եմ լալիս…
-Դու խաբու՞մ ես ինձ, սուտլի՛կ, խաբեբա՛.
Չե՞ս սիրում ասիր. Էն ի՞նչ է հապա,
Էն ի՞նչ է հապա, որ տեղն ենք մըտնում՝
Հեկեկում ես դու գիշերվա մըթնում.
Էն ի՞նչ է հապա, որ դու երազում
«Սարո ջան, Սարո՛… Սարո» ես ասում…
-Մո՛սի ջան, Մո՛սի, գըլխովըդ շուռ գամ,
Ինձ մի՛ ըսպանիր, ինձ թող էս անգամ.
Էլ չեմ սիրիլ ես, երբ դու չես ուզում,
Էլ չեմ կանչիլ ես նըրան երազում…
Ինձ մի՛ըսպանիր, դամեղ տար հեռու…
Քու քույրը չե՞մ ես, իմ Մոսին չե՞ս դու…

XVI

Ու էն հարսանքից թըշնամի դարձան
Ախպեր տըղերքը էս դեպքի համար.

Ընկեր, բարեկամ գընացին, եկան,
Կըրկին հաշտության չեղավ մի հընար:
Անկոտրում Մոսին, էլ ո՞ր Մոսին էր,
Որ՝ աչքը դեռ բաց, էս լուս աշխարքում,
Իրեն հարազատ քըրոջը տեսներ
Նամարդ ընկերի՝ Սարոյի գըրկում:
Գուցե գիշերս էլ՝ իր հերսից անքուն՝
Ուզու էր ջահել քըրոջն ըսպանի,
Սարոյի անունն ու սերը թաքուն
Խանչալի ծերով սըրտիցը հանի:
Ո՜վ գիտի, գուցե հենց էս գիշեր էլ
Իգիթ ոսոխներն անհաշտ ու համառ,
Մեկմեկու հոտից ոչխար են քըշել,
Մեկմեկից վըրեժ առնելու համար:
Կարող է նույնպես պատահել հանկարծ,
Որ մեկի դեզը արդյունքը հընձի,
Գիշերվա ժամին հըրով բըռնկած,
Երկնահաս բոցով աստղերը խանձի:

ՉՈՐՐՈՐԴ ԵՐԳ

XVII

Ամպերը դանդաղ, ուղտերի նըման՝
Նոր են ջոր խըմած ձորից բարձրանում.
Քարոտ թիկունքից Չաթինդաղ լեռան
Նոր է արևը պըռունգը հանում:
Գյուղում աղմուկով իրար են անցնում,
Կըտեր ծերերին կանայք հավաքված,
Տըղերքը դեպի քարափն են վազում՝
Հըրացանների կիսերից բըռնած:

XVIII

Եկավ վիթխարի ծերունի մի մարդ,
Կանգնեց վըրդովված տըղերանց միջին,
Մատը դեպի ձոր մեկնելով հանդարտ
Էսպես նա պատմեց զոռ տալով չիբխին.
-Էս գիշեր, կեսը կըլներ գիշերվա,
Դեռ չէի կըպցրել աչքըս տեղի մեջ,
Քունս էլ է կորել, ջանս էլ էն վաղվա,
Ամեն մի բանից մընացել եմ խեղճ…
Հա՛, հալալ կեսը կըլներ գիշերվա,
Շունը վերկացավ էս կըռան վըրա.
Հեյ-հե՜յ, կանչեցի, ձեն տըվող չելավ.
Շունը գազազեց, շունը վեր կալավ…
Հե՜յ գիդի, ասի ինքըս իմ միջում,
Ի՞նչ է մընացել առաջվան տըղից.
Քընում էի վաղ մենակ արխաջում,
Մի ձեն լըսելիս վեր թըռչում տեղից…
Էն էի ասում, քընել չէի դեռ.
Կըլիներ դառը գիշերվան կեսը,
Երկու մարդկային սև կերպարանքներ
Շան առջև փախած՝ ցած իջան դեսը…
Էս որ լըսեցին, դես ու դեն ցըրված
Տըղերքը ճեպով ձորը ներդ մըտան,
Ու մըտի տակին, ճամփիցը ծըռված,
Երկու մարդու թարմ ոտնոտեղ գըտան:

XIX

Ամբողջ մի ամիս խումբը զինավառ
Սարեր ու ձորեր ոտնատակ տըվեց՝
Չոբան Սարոյին գըտնելու համար.
Որ սարիցն իջավ, Անուշին փախցրեց:
-Հալալ է տըղին, ա՛յ իգիթություն,

Ահա թե ինչպես կըփախցնեն աղջիկ:
Մենակ Անուշի ախպերը-Մոսին
Մընաց հանդերում.երդում կերավ նա,
Ուր որ էլ լինին՝ նըրանց միասին
Գըտնի՝ կոտորի, սիրտը հովանա:
Մընաց հանդերում: Եվ ահա մի օր,
Քաղվոր կանանց մեջ, մըթան հետ, թաքուն,
Շորերը պատռած, տըխուր, գըլխակոր
Անուշը ձորից եկավ հորանց տուն:

XX

-Աղջի՛, Վա՛րդիշաղ, թե հոգիդ սիրես,
Մի գարիդ գըցի՛ր, տես ի՞նչ է ասում.
Աչքըս խավարի, տեսիլ դառնամ ես,-
Տեսիլք եմ տեսել գիշերս երազում:
Մի մութ ձորի մեջ, մի նեղ ձորի մեջ,
Անբախտ Սարոյի ոչխարը կանգնած,
Լեզու էր առել ու խաղ էր կանչում,
Ու խաղ էր կանչում ձեն ձենի տըված…
Մի գարիդ գըցիր, թե որդով խընդաս,
Էս երազն իսկի ես լավ չեմ փորձել.
Ողորմած աստված, քու դուռը բանաս,
Քու ոտի հողն ենք-դու ես ըստեղծել…
Անբան գառները մութ ձորի միջին
Խաղ էին կանչում ու ձենով լալիս,
Սարոյի նանն էլ նըրանց առաջին
Աղլուխ էր առել ու պար էր գալիս…
-Աղջի՛, Մա՛նիշակ, վատ բան ես տեսել,
Գարիս էլ ահա, էդպես դուրս եկավ.
Էս չարն, էս բարին… Սարոն է էս էլ…
Տե՛ս, ահա, Սարոն սև ճամփեն ընկավ…
Աստված խընայի ջահել-ջիվանին,
Աստված խընայի իր անբախտ նանին…

XXI

Ու ման է գալի սարերը ընկած
Սարոն փախցըրած եղջերվի նըման,
Օրհասն առաջին, գընդակն ետևից,
Հանդերը՝ դըժողք, ընկերը՝ դուշման:
Եվ երբ երեկոն հանդարտիկ ու լուռ
Սարերից իջնում, խավարն է պատում,
Նըրա բայաթին ողբում է տըխուր,
Ընկեր սարերին խոսում, գանգատվում:
-Բարձըր սարեր, ա՜յ սարեր,
Ձեն եմ տալի «վա՜յ», սարե՛ր,
Դուք էլ ինձ հետ ձեն տըվեք:
Իմ դարդերի թայ սարե՛ր:
Որս եմ՝ բութես ձեզ արած,
Ձեր ձորերին, ձեզ արած,
Կուզեմ կորչեմ անգյուման
Էս աշխարհքից բեզարած:
Կորչեմ բեզար դատարգուն,
Քարե-սարեսար դատարգուն,
Մեռնեմ պըրծնեմ էս օրից,
Բալքի առնեմ դադար-քուն:
Ա՜խ, կըմեռնեմ՝ ամա նա
Վա՜յ թե հանկարծ իմանա,
Ես ազատվեմ էս ցավից,
Աչքը լալով նա մընա:

ՀԻՆԳԵՐՈՐԴ ԵՐԳ

XXII

Լալիս է Անուշն երեսին ընկած,
Կանգնած են շուրջը կանայք հարևան,
Ու խոսք չեն գըտնում ասեն անարգված,

Տարած, ետ բերած , անբախտ աղջըկան:
Աստված խըղճայեց՝կոպիտ ախպերը
Հեռու հանդերից դեռ տուն չէր դարձել,
Իսկ խոժոռադեմ ալևոր հերը
Ընկսավ փըրփըրած թըքել, անիծել:
-Դու՛րս գընա, կորի՛, ա՛յ լիրբ, անըզգա՛մ,
Սև ու սուգ լինի թագ ու պըսակըդ.
Կորի՛, չերևաս աչքիս մյուս անգամ,
Գետինը մըտնի երկար հասակըդ:
Տեսա՛ր, որ նըրան ատում է Մոսին,
Չեն ուզում, տեսար, նըրան հերն ու մերդ
Դու քանի գըլուխ ունիս քո ուսին,
Որ վեր ես կենում փախչում նըրա հետ:
Խոնըված գյուղացիք կըտուրից իջան՝
Մեղմելու կոպիտ բարկությունը հոր,
Հայտնըվեց նույնպես գյուղի քահանան,
Մի պատկառելի հըսկա ալևոր:
-Դու՛րս գընացեք դու՛րս, գոչեց տերտերը,
Անուշը թողեք ուղիղն ինձ ասի,
Թողեք նա հայտնի իր միտքն ու սերը,
Նըրանից հետո բանը կըպարզի:
Մի՛ լար, իմ աղջի՛կ, ինձ խոստովանի՛ր,
Սիրու՞մ ես նըրան, քու կամքո՞վ փախար…
Եթե սիրում ես՝ էլ դարդ մի՛ անիր,
Պիտի պըսակեմ ես ձեզ անպատճառ…
-Ի՛նչ են հառաչում, էն ո՛վ էր, մի տե՛ս,
Որ դուրսը հանկարծ աղմըկեց էսպես…
Ո՞վ է ըսպանել… Մոսի՞ն … ու՛մ…ու՛ր…
-Անու՛շ, հե՛յ Անու՛շ…ջուր հասցըրե՛ք, ջու՛ր…

XXIII

Ինչպես մի հեղեղ վեր կենար հանկարծ,
Երկընքի մըթնած ամպերից իջներ,
Ինչպես փոթորիկ սաստիկ սըրընթաց,

Գյուղից սըլացան մի խումբ կըտրիճներ:
Ցավից տաքացած էլ բան չեն հարցնում,
Թըռչում են, ասես ահից հալածված,
Ու նըրանց առջև ահռելի բացվում
Թըշշում է ձորը արյունով լըցված:
Գյուղը դատարկվեց մի ակնթարթում,
Քարափի գըլխին կանգնած անհամբեր,
Լու՛ռ, սըրտատըրոփ ականջ են դընում,
Նայում են ներքև…ձեն չի գալիս դեռ.
Դեբեդն է մենակ անդընդում՝ հուզված՝
Խըլաձայն ոռնով սողում դեպի ցած:

XXIV

Ու մարդասպանը դուրս եկավ ձորից,
Դեմքը այլայլված, քայլվածքը մոլոր.
Սարսափ է կաթում արնոտ աչքերից,
Եվ կերպարանքը փոխված է բոլոր:
Առանց նայելու մարդկանց երեսին,
Առանց խոսելու, սևակնած, դաժան,
Մոտեցավ սրահին, կախ տըվավ սընին
Սև հըրացանը՝ սև օձի նըման:
Պապանձվեց նույնպես ամբոխը մեխված,
Ոչ ոք ծըպըտալ չի համարձակվում,
Մենակ մի հոգի անզուսպ կատաղած՝
Հարա՜յ է կանչում, երեսը պոկում:
Մեռած չոբանի պառավ նանն է նա՝
Ցավից խելագար, բառաչում, լալիս.
Տարաբա՛խտ ծընող, վազում է ահա,
Ձորիցն է տըխուր գոռոցը գալիս:

XXV

Սըգավոր կանայք նըրա ետևից
Հարա՜յ կանչելով ձորը վազեցին,

Իրենց կորցրածն էլ հիշելով նորից՝
Դիակի շուրջը հերթով շարվեցին:
Իգիթին վայել սրտառուչ ողբով
Լաց ու կոծ արին ձեն ձենի տըված.
Տըղերքն էլ մըթին, լուռ ու գըլխակոր.
Մընացին մոտիկ քարերին նըստած:
Ողբացին անշունչ դիակի վըրա՝
Անտեր մընացած ոչխարի մասին,
Անսիրտ անեծքով հիշեցին նըրա
Անճար մընացած խեղճ յարի մասին.
Եվ նըրա մասին, որ ընկերները
Հանդը գընալիս Սարո կըկանչեն,
Որ սարից փախած սոված շըները
Կըտերը պիտի ոռնան, կըլանչեն:
Ծանըր չոմբախը, գըլուխը մեխած,
Օճորքում դըրած պիտի մըրոտի,
Երկար խանչալը պատիցը կախած,
Պատենում մընա ու ժանգը պատի...
Որ հով սարերի սովորած նանը
Էլ սար չի գընալ առանց Սարոյի:
Սև շորեր հագած կընըստի տանը,
Անցած օրերը միտը կըբերի:
Եվ ամեն մի խոսք, մի հիշողություն
Կըտրատում էին սիրտը ծեր նանի,
Եվ աղաչում էր նա մեռած որդուն՝
Մի անգամ խոսի, աչքը բաց անի:
-Ընչի՞ չես խոսում, ընչի՞ չես նայում,
Իմ օր ու արև, կյանք ու ջան՝ որդի,
Դու իմ գերեզմանն ընչի՞ ես խըլում,
Թըշնամի՛ որդի, դավաճա՛ն որդի...
Բայց չէին բացվում աչքերը փակված,
Շուրթերը սառել, չորացել էին.
Նըրանց արանքից ատամները բաց՝
Միպտակ շարքերով երևում էին:
Ու նա կատաղած՝ հանդուգն անեծքով

Ծառս եղավ դուշման երկրնքի դիմաց,
Եվ հայհոյում էր, և կուրծքը ծեծում,
Եվ լալիս էին ձեն ձենի տըված…
-Կարմիր արևից ընկած, Սարո ջա՜ն,
Կանանչ տերևից ընկած, Սարո ջա՜ն…
Արևս հանգավ, Սարո ջա՜ն…
Գիշերս ընկավ, Սարո ջա՜ն…
Գիշերը ընկավ, թանձրացավ մութը,
Ու նըվաղեցին ձեները տըրտում,
Հոգնեցի՜ն, հանգա՜ն… Տերուկ Դեբեդը
Սըգում էր մենակ խավար անդընդում:
Սըգվոր գետը՝
Տեր Դեբեդը,
Սիրտը քըրքրած,
Ջուրը փրփրած,
Քարոտ ափին,
Լեռ քարափին,
Դեռ ծեծում է,
Հեծեծում է…

XXVI

Եվ մի քանի ընկեր-տըղերք
Ձորում, գետի եզերքին,
Փոս փորեցին ու սըրտաբեկ
Հողին տըվին հովվի դին:
Ծառ ու ծաղիկ՝ սըվսըվալով
Բույր խընկեցին դյուրեկան,
Տեր Դև-բեդն էլ ահեղ ձենով
Երգեց վըսեմ շարական:
Ու տըղերքը տըխուր ու լուռ
Վերադարձան դեպի տուն,
Ձորում թողած մի սև բըլուր,
Մի գերեզման անանուն:

ՎԵՑԵՐՈՐԴ ԵՐԳ

XXVII

Գարունը եկավ, հավքերը եկան,
Սարեր ու ձորեր ծաղիկներ հագան.
Մի աղջիկ եկավ, մի մենակ քաղվոր,
Գետի եզերքին շըրջում է մոլոր,
Շըրջում է մոլոր, խընդում ու լալիս:
Երգեր է ասում ու ման է գալիս:
-Սիրուն աղջի՛կ, ի՞նչ ես լալիս
Էդպես մենակ ու մոլոր,
Ի՞նչ ես լալիս ու ման գալիս
Էս ձորերում ամեն օր:
Թե լալիս ես՝ վարդ ես ուզում՝
Մայիս կըգա, մի քիչ կաց,
Թե լալիս ես՝ յարդ ես ուզում,
Ա՜խ, նա գընա՜ց, նա գընա՜ց…
Արտասվելով, լալով էդպես
Ետ չես դարձնի էլ գերին,
Ինչու՞ իզուր հանգցընում ես
Ջահել կըրակն աչքերիդ:
Նըրա անբախտ շիրմի վըրա
Պաղ ջուր ածա աղբյուրի,
Դու էլ գընա, նոր սեր արա,
Էսպես է կարգն աշխարհի:
-Տնորհակալ եմ, անցվոր ախպե՛ր,
Աստված պահի քու յարին.
Ճամփիդ վերջում կանգնած է դեռ
Անուշ ծիծաղն աչքերին…
Ուրախ սըրտով դուք ձեր սերը
Վայելեցեք անթառամ,
Ինձ արցունք է տըվել տերը,
Ես պիտի լամ, պիտի լամ…

Ու ման է գալիս,
Երգում է, լալիս:
Երգերը անկապ, երգերը տըխուր,
Արցունքի նըման հոսում են իզուր.
Բայց լալիս է նա ու երգեր ասում,
Ու միշտ էն անմիտ տըրտունջն է խոսում,
Թե ինչպես հանկարծ աշխարհքը փոխվեց,
Ինչպես դատարկվեց կյանքում ամեն բան,
Սարերը մընացին որբ ու անչոքան,
Թե ինչպե՛ս հանկարծ նա գընաց հեռու,
Էլ չի դառնալու՜, էլ չի դառնալու…
-Ե՛տ դառ, ե՛տ, իգի՛թ,
Ետ դառ, անիրա՛վ,Կարոտած յարիդ
Աչքը ջուր դառավ:
Ոչխարդ էն սարով
Շուռ տուր, տու՛ն արի,
Փախի՛ր գիշերով
Ու թաքուն արի…
Ա՛խ, էն կանաչ սարի լանջին
Ո՞վ է քընած էն տըղեն,
Վըրեն քաշած սև յափընջին,
Կուռը հանած էն տըղեն…
Ջա՜ն, իմ յարն է, ջանի՛ն մեռնեմ,
Ծաղկի հոտով նա հարբել,
Սարի լանջին, հովի միջին
Մու՜շ-մու՜շ, անուշ մըրափել:
Վե՛ր կաց, վե՜ր, իգի՛թ,
Վե՛ր կաց, անիրավ,
Ոչխարըդ բեր կիթ,
Օրը ճաշ դառավ…
Արի՜, ջա՛ն, արի՜,
Կարոտըս առնեմ…
Տես՛ք, տեսե՛ք, դափ ու զուռնով
Ի՞նչ հարսնիք է դուրս գալի,

Մարդիկ ուրախ, թոն ու ձյունով
Չի են խաղում, չափ տալի…
Աղջի՛, աղջի՛, մըտիկ արեք,
Էս ի՞նչ տեսիլք ես տեսա.
Ո՞վ էր տեսել էսպես հարսնիք-
Ո՛չ հարս ունի, ո՛չ փեսա…
Բերում են իըրեն,
Ամա՜ն, մեր տան դեմ…
Վե՜ր դըրեք, վըրեն
Հյուսերըս քանդեմ…
Ես էլ եմ գալի՜ս,
Էդ ու՞ր եք տանում…
Ինձ էլ թաղեցեք
Իր գերեզմանում…
Ա՜խ, չէ՛, ամա՜ն, ասում են դա
Մի դիակ է լու՜ռ, սառած,
Արյունըը չոր դեմքի վըրա,
Աչքերն անթարթ, սիպտակած:
Նա սիրուն էր, անուշահոտ,
Աչքերը լի ծիծաղով,
Նա գալիս էր ցողոտ, շաղոտ,
Հանաքներով ու խաղով…
Արի՜, ջա՜ն իգիթ,
Արի՜, անիրա՛վ,
Կարոտած յարիդ
Աչքը ջուր դառավ:
Էլ մի՛ ուշացնի,
Ես շատ եմ կացել,
Էլ մի լացացնի,
Ես շատ եմ լացել…
Տե՜ս, կըխռովե՜մ,
Լաց կըլեմ ես է՜լ…
Չեմ խոսիլ քեզ հե՜տ…
Չեմ սիրիլ քեզ է՜լ…

XXVIII

Անլռելի վըշվըշում է
Պըղտոր ջուրը Դեբեդի
Նըրա ափին կանաչում է
Մենակ շիրիմն իգիթի:
Նըրա շուրջը հեզ սիրուհին
Թընդացնում է ողբ ու լաց,
Ձեն է տալիս իր Սարոյին
Ու պըտըտվում մոլորված:
Ու հոսում է գիշեր-ցերեկ
Արցունքն անբախտ աղջկա,
Բայց իր սիրած տըղան երբեք
Չըկա՛, չըկա՛ ու չըկա...
Վըշվըշում է գետը-վու՛շ, վու՛շ,
Ու հորձանք է տալիս հորդ,
Ու կանչում է՝ «Արի՛, Անու՛շ,
Արի՛, տանեմ յարիդ մոտ...»
-Անու՛շ, ա՛յ աղջի՛, Անու՛շ, տու՛ն արի...
Կանչում է մերը վերնից, կանչու՛մ.
Լու՛ռ են ձորերը, լու՛ռ են ահռելի,
Դուշման Դեբեդն է մենակ մռըռնչում:
Վուշ-վու՛շ, Անու՛շ, վուշ-վու՛շ, քուրիկ,
Վու՛շ քու սերին, քու յարին,
Վուշ-վու՛շ, Սարո՛, վուշ-վու՛շ, իգի՛թ,
Վու՛շ քու սիրած սարերին...

XXIX

Համբարձման գիշեր, էն դյութիչ գիշեր,
Կա հըրաշալի, երջանիկ վայրկյան.
Բացվում են ոսկի երկընքի դըռներ,
Ներքն պապանձում, լըռում ամեն բան,
ՈՒ աստվածային անհաս խորհըրդով
Լըցվում բովանդակ նըրա սուրբ զըթով:

Էն վեհ վայրկենին չքնաղ գիշերի՝
Երկընքի անհու՛ն, հեռու խորքերից,
Անմուրազ մեռած սիրահարների
Աստղերը թըռած իրար են գալիս,
Գալի՛ս՝ կարոտով մի հեզ համբուրվում
Աշխարհից հեռու՛, լազուր կամարում:

1890-1902թթ.

ՄԱՐՈՆ

I

Մեր գյուղն էն է, որ հըպարտ,
Լեռների մեջ միգապատ,
Խոր ձորերի քարափին՝
Չեռը տրված ճակատին
Միտք է անում տըխրադեմ.
Ի՞նչ է ուզում՝ չըգիտեմ...
Պաս չենք էնտեղ մենք ուտում,
Ու ջերմեռանդ աղոթում,
Ժամ ենք գնում ամեն օր.
Բայց միշտ ցավեր նորանոր,
Միշտ մի աղետ, մի վընաս
Գալիս են մեզ անպակաս:
Ահա պատմեմ ձեզ մի դեպք,
Մի պատմություն, որ երբեք
Հիշատակով տըխրալի
Մըրտիս հանգիստ չի տալի:

II

Մեր գյուղից վեր մինչ էսօր
Կա ուռենի մի սըգվոր:
Մեծ անտառից նա զատված,
Մարդու կացնից ազատված՝
Կանգնած է դեռ ու շոգին
Հով է տալիս մըշակին:
Գիժ, լեռնային մի վըտակ
Խոխոջում է նըրա տակ,
Խաղում կանաչ մարգերին:
Էն առվակում կես օրին,
Երբ որ շոգից նեղանում,

Գրնում էինք լողանում:
Տըկլոր, աշխույժ խըմբակով,
Աղաղակով, աղմուկով
Խաղում էինք, վազվըզում
Գույն – գույն մանրիկ ավազում. »
Կամ հետևում հն ի հն
Թիթեռնիկին ոսկեթև,
Ու միշտ հոգնած ժամանակ,
Էն մենավոր ծառի տակ
Նըստում տըխուր մի քարի,
Գերեզմանին Մարոյի…
Մարո՛, անբա՛խտ, վաղամե՛ռ,
Դու մանկության իմ ընկեր,
Ո՛րքան ենք մենք խաղացե՛լ,
Իրար սիրել ու ծեծե՛լ…

III

Ժիր էր Մարոն, դուրեկան,
Նոր էր ինը տարեկան,
Նըրանց տունը երբ մի օր
Եկան երկու եկավոր:
Ու Մարոյի մայրիկը
Երբ որ բերավ, դրավ լիքը
Խոնչեն նըրանց առաջին,
– Շնորհակալ ենք մենք, ասին,
Տաշտներըդ լի հաց լինի,
Դուռներըդ միշտ բաց լինի.
Հաց չենք ուզում ձեզանից,
Հող տըվեք մեզ ձեր տանից…
Էն ժամանակ Մարոյի
Հայրիկն առավ արաղի
Լիքը բաժակն ու ասաց.
– Կամքըդ լինի, տեր աստված.

Նըշանեցին Մարոյին,
Տըվին չոբան Կարոյին:

IV

Չոբա՛ն Կարոն սարերի
Մի հովիվ էր վիթխարի.
Բոյ – բուսաթին նայելիս
Մարդու զարզանդ էր գալիս.
Բայց զոքանչը անսահման
Սիրում, փարում էր նըրան:
Շատ էր սիրում և Մարոն.
– Լավն է, ասում էր, Կարոն,
Բերում է ինձ ամեն օր
Կանփետ, չամիչ ու խընձոր...

V

Մին էլ Կարոն աղմուկով
Եկավ զուռնով – թըմբուկով,
Ու Մարոյին զուգեցին,
Երեսին քող ձըգեցին,
Հինա դըրին ձեռքերը...
Եկավ խաչով տերտերը,
Տարավ ժամում կանգնեցրեց.
– Տե՞ր ես, որդյա՛կ, հարցըրեց:
– Տեր եմ, ասավ մեր Կարոն,
Լուռ կանգնած էր միշտ Մարոն...
Հայրն էլ եկավ ու ծեսին
Էսպես օրհնեց իր փեսին.
– Ջաղացիդ միշտ հերթ լինի,
Մեջքըդ ամուր բերդ լինի...
Իսկ երբ հնչեց «տարան հա՛» – ն,
Նըրան փեսի տուն տարան:

Պըսակեցին Մարոյին,
Տըվին չոբան Կարոյին:

VI

Թե զըրբացի չար ջանքով,
Գիր ու կապով, բըժժանքով
Մանուկ սիրտը կըտրեցին,
Կամ թե նըրա հանդերձին
Էն անհոգի չար ջադուն
Քըսեց գիլի ճըրագուն...
Էդ չիմացավ ոչ ոք պարզ,
Միայն փոքրիկ նորահարս
Մարոն ատեց իր մարդուն.
Փախավ, եկավ ետ հոր տուն:
Եկավ լացեց նա վըշտոտ,
– Ես չեմ գնալ նըրա մոտ.
Ես սիրում եմ մայրիկին,
Ես չեմ ուզում լինեմ կին...

VII

Հայրիկն էնժամ բարկացավ,
Ծեծեց նըրան ու ասավ.
– Դուրս իմ տանից, սևերե՛ս,
Ետ չնայես դեպի մեզ,
Ոտ չըդնես էլ տունըս,
Մըրոտեցիր անունըս...
Լալով, ծածկած իր դեմքը,
Թողեց Մարոն հոր շեմքը:

VIII

Ու հալածված իր հորից,
Փախած չոբան Կարոից,

Մոված, պատռած շորերով,
Կորչում էր նա օրերով։
Կուչ էր գալիս խղճալի
Օջախի շուրջ օտարի
Կամ թափառում մեն – մենակ
Մեր հանդերում շարունակ:

IX

Շատ ամիսներ անց կացան...
Դիմաց սարից մի չոբան
Ձեն էր տալիս մի օր մեզ,
Թե՝ իմացե՛ք, որ էսպես
Կարմիր շորով մի խիզան
Ընկավ ձորը, մի կածան...
Դուրս թափվեցինք մենք գյուղից,
Հեռու կանգնած, երկյուղից,
Տեսանք՝ ահեղ էն ձորում
Ոնց էր լալիս ու գոռում
Մարոյի հայրն ալևոր,
Մայրը ճըչում սրգավոր։
Շատ լաց եղավ և Կարոն...
Մեռա՜վ, գընաց մեր Մարոն:

X

Սակայն անբախտ նըրա դին
Պապի կողքին չըդըրին:
Գյուղից հեռու մինչ էսօր
Կա ուռենի մի սըգվոր։
Էն մենավոր ծառի տակ
Փոս փորեցին մի խորին,
Առանց ժամ ու պատարագ
Մեջը դըրին Մարոյին,
Էն սև քարն էլ տաշեցին,
Բերին վըրեն քաշեցին:

XI

Շատ եմ տեսել, երբ սըգվոր
Մայրը մենակ, սևաշոր,
Կորանալով էն քարին՝
Ձեն էր տալիս Մարոյին...
– Ո՞վ քեզ ծեծեց, Մարո ջա՛ն,
Ո՞վ անիծեց, Մարո ջա՛ն,
Ո՞ւր փախար դու, Մարո ջա՛ն,
Տուն արի՛, տո՛ւն, Մարո ջա՛ն,
Խո՞ր ես քընել, Մարո ջա՛ն,
Չե՛ս զարթնում էլ Մարո ջա՛ն...
Կորանալով էն քարին՝
Ձեն էր տալիս Մարոյին.
Խունկ էր ծըխում, մոմ վառում,
Որ գիշերվան խավարում
Փայլփըլում էր մեն – մենակ
Հեռվից երկար ժամանակ:

ԼՈՌԵՑԻ ՍԱՔՈՆ

I

Էն Լոռու ձորն է, որ հանդիպակաց
Ժայռերը՝ խորունկ նոթերը կիտած՝
Դեմ ու դեմ կանգնած, համառ ու անթարթ
Հայացքով իրար նայում են հանդարտ:

Նըրանց ոտքերում՝ գազազած գալի՝
Գալարվում է գիժ Դև – Բեդը մոլի,
Խելագար թըռչում քարերի գըլխով,
Փըրփուր է թքում անզուսպ երախով,
Թըքում ու զարկում ժեռոտ ափերին,
Փընտրում է ծաղկած ափերը հին – հին,
Ու գոռում գիժ – գիժ.
– Վա՛շ – վի՛շշ, վա՛շ – վի՛՛շշ...

Մութ անձավներից, հազար ձևերով,
Քաջքերն անհանգիստ՝ հըտպիտ ձայներով
Դևի հառաչքին արձագանք տալի,
Ծաղրում են նըրա գոռոցն ահռելի
Ու կըրկնում գիժ – գիժ.
– Վա՚շ – վի՛շշ, վա՛շ – վի՛շշ...

Գիշերը լուսնի երկչոտ շողերը
Հենց որ մըտնում են էն խավար ձորը՝
Ալիքների հետ խաղում դողալով,
Անհայտ ու մռայլ մի կյանքի գալով՝
Ոգի է առնում ամեն բան էնտեղ,
Շըրնչում է, ապրում և մութն և ահեղ:

Էս տախտի վըրա աղոթում մի վանք,
Էն ժայռի գըլխին հըսկում է մի բերդ,
Մութ աշտարակից, ինչպես զարհուրանք,

Բուի կըռինչն է տարածվում մերթ – մերթ,
Իսկ քարի գըլխից, լուռ մարդու նըման,
Նայում է ձորին մի հին խաչարձան:

II

Էն ձորի միջին ահա մի տընակ:
Էնտեղ այս գիշեր Սաքոն է մենակ:
Հովիվ է Սաքոն, ունի մի ընկեր.
Սատանի նըման՝ նա էլ էս գիշեր
Գընացել է տուն: Սարերի չոբա՛ն –
Գյուղիցը հեռու, հազար ու մի բան,
Ով գիտի՛ պարկում շընալի՞ր չըկար,
Ա՛ղ էր հարկավոր ոչխարի համար,
Ուզեց զոքանչի ձըվաձե՞ղ ուտել,
Թե՞ նըշանածին շատ էր կարոտել –
Ոչխարը թողել՝ գընացել է տուն:
Այնինչ՝ համկալը հենց առավոտը
Դեպի սարերը քըշեց իր հոտը:
Ու Սաքոն անքուն,
Թաց տըրեխները հանել է, քերել,
Գուլպան բուխարու վըրա կախ արել
Ու թինկը տըվել, Մեն – մենակ թըթվել:

III

Թեկուզ և մենակ լինի փարախում,
Աժդահա Սաքոն ընչի՞ց է վախում:
Հապա մի նայի՛ր հըսկա հասակին,
Ո՛նց է մեկնըվել: Ասես ահագին
Կաղնըքի լինի անտառում ընկած:
Իսկ եթե տեղից վեր կացավ հանկարծ,
Գըլուխը մեխած մահակը ձեռին՝
Ձեն արավ, կանչեց զալում շըներին
Ու բիրտ, վայրենի կանգնեց, ինչպես սար,

Էնժամ կիմանաս, թե ընչի համար
Թե՛ գող, թե՛ գազան, հենց դատարկ վախից,

Հեռու են փախչում նրրա փարախից:
Ու իրեն նրման իրեն ընկերներ
Ապրում են սիրով երեխուց ի վեր:
Աստծու գիշերը գալիս են հանդեն,
Փետ են հավաքում, վառում են օդեն,
Շըհուն ու պըկուն խառնում են իրար,
Ածում են, խաղում, խընդում միալար...

IV

Բայց խուլ ու խավար օդում էս գիշեր
Մենակ է Սաքոն ու չունի ընկեր:
Բուխարու կողքին լուռ թինկը տըված
Մըտածում է նա...ու մին էլ, հանկարծ,
Որտեղից որտեղ, էն ձորի միջին
Միտն եկան տատի զըրույցները հին...
Միտն եկան ու մեր Սաքոն ակամա
Մկսավ մըտածել չարքերի վըրա,
Թե ինչպես ուրախ խըմբով, միասին,
Ծուռը ոտներով, գիշերվան կիսին,
Թուրքերի կանանց կերպարանք առած,
Երևում են միշտ միայնակ մարդկանց...
Կամ ինչպես քաջքերն այրերի մըթնից,
Երբ նայում է մարդ քարափի գըլխից
Կամ թե ուշուցած անցնում է ձորով,
Խաբում են, կանչում ծանոթ ձայներով,
Ու մարդկանց նըման խընջույք են սարքում,
Զուռնա են ածում, թըմբուկ են զարկում...
Ու տատի խոսքերն անցյալի հեռվից
Ուրվաձայն, երկչոտ հընչեցին նորից.

– Կասեն՝ Սաքո՛, մեզ մոտ արի,

Արի՛ մեզ մոտ հարսանիք.
Տե՛ս, ինչ ուրախ սյար ենք գալի,
Սիրուն – ջահել հարսն – աղջիկ:

– Ինձ մոտ արի՝ ձվաձեղ անեմ...
Ինձ մոտ արի՛ բըլիթ տամ...
Ես քու հոքիրն...ես քու նանն եմ...
Ես էլ ազիզ բարեկամ...

– Սաքո՛, Սաքո՛, մեզ մոտ արի,
Էս աղջիկը, տե՛ս, ինչ լավն ա...
Տե՛ս, ինչ ուրախ պար ենք գալի,
Տարա – նի – նա՛...տարա – նի – նա՛՛...

Ու խոլ պատկերներ տըզեղ, այլանդակ,
Անհեթեթ շարքով, խուռներամ, անկարգ,
Ծանրաշարժ եկան Սաքոյի դիմաց
Երնութք եղան, անցնում են կամաց,
Խավար ու դանդաղ, ըստվերների պես,
Չար ժըպիտներով ժանտ ու սներես...

V

Սրընթաց պախրա՞, թե գայլ գիշատիչ
Շեշտակի անցավ փարախի մոտով,
Այծյա՞մը հանկարծ մոտակա ժայռից
Անդունդը մի քար գլորեց ոտով,
Գիշերվան հովից տերև՞ն էր դողում,
Երկչոտ մուկի՞կը վազեց պուճախում,
Թե՞ ոչխարների թույլ մրնչոցն էր այն, –
Սաքոյին թըվաց, թե մի ոտնաձայն
Եկավ ու կանգնեց փարախի վըրա,
Կանգնեց ու լըռեց...
Ականջ դըրավ նա...

VI

– Ո՞վ հող թափեց բուխուրակից...
Էն ո՞վ նայեց լիսածակից...
Էս ո՞վ կըտրից անցավ թեթև,
Շունչ է քաշում դըռան ետև...
– Ո՞վ ես, էհե՜յ...Ի՞նչ ես անում.
Ի՞նչ ես լըռել, ձեն չես հանում...

Պատասխան չըկա. լըռության միջում
Ջորագետն է միայն մըրափած վըշշամ:
– Հա՜, իմացա, Գեվոն կըլնի –
Իմ շան ահից ո՞վ սիրտ կանի...
Վախեցնում է...հա՛, հա՛, հա՛, հա՛...
– Գևո՜...

Ձեն – ձուն չըկա:
Միայն ահավոր լըռության միջում
Ջորագետն է խուլ, մըրափած վըշշում:
Եվ ո՞վ կըլինի զարթուն այս ժամին.
Քընած է աշխարհ, քընած է քամին.
Անքուն չարքերը չեն միայն քընած,
Վըխտում են ուրախ՝ ձորերը բըռնած,
խավարում կազմած դիվական հանդես,
Վազում, վազվըզում ըստվերների պես,
Մինչև որ մենակ մի մարդ կըզըտնեն,
Ճիչով – քըրքիջով...փարախը մըտնեն...
Աչքերը հանգչող կըրակին հառած՝
Ծանըր է շընչում հովիվն ահ առած,
Ու վայրի հոգին լեռնական մարդու
Ալեկոծում է կասկածն ահարկու:
– Չէ՛, քամին էր էն...էն գիլի շըվաք...
Էն աստղեր էին աչքերի տեղակ,
Որ լիսածակից ներս էին ընկել...
Ուզում է վերն մըտիկ տա մեկ էլ՝

Ու սիրտ չի անում:
Ականջ է դընում...
Գալիս են կըրկին թեթև, կամացուկ
Դըռան ետևից փըսփըսում ծածուկ.
– Էստեղ է նա,
Հա՛, հա՛, հա՛, հա՛.
Տե՛ս – տե՛ս, տե՛ս, տե՛ս.
Նայիր էսպե՜ս,
Մըտիկ արա՜,
Հա , հա , հա , հա ...
Սաքոն շարժվեց փըշաքաղած,
Դեպի շեմքը նայեց, դողաց...
Շըրը՛խկ...հանկարծ դուռը բացվեց,
Թուրք կանանցով տունը լըցվեց,
Տունը լըցվեց թուրք կանանցով,
Ճիչ – զոռոցով, հըռհըռոցով...

VII

Ահռելի ձոր է: Մի կըտոր լուսին
Նայում է գաղտուկ, թաքչում ամպերում:
Էն մութ, ահավոր գիշերվա կիսին
Վազում է Սաքոն Լոռու ձորերում:
Չարքերը ընկած նըրա ետևից,
Հերաձակ խըմբով, ճիչաղաղակով՝
Հասնում են մեջքին, բըռնում են թևից,
Զարկում են, զարկո՛ւմ օձի մըտրակով...
Քաջքերն էլ այրից զոռնա – դըհոլով
Ճըչում են, կանչում ծանոթ ձայներով –

– Սաքո՜, Սաքո՜, մեզ մոտ արի,
Արի մեզ մոտ հարսանիք,
Տե՛ս՝ ինչ ուրախ պար ենք գալի՝
Սիրո՛ւն, ջահել հարսն – աղջիկ:

– Ինձ մոտ արի՝ ձվաձեղ անեմ...
Ինձ մոտ արի՝ բըլիթ տամ...
Ես քու հոքիրն...ես քու նանն եմ...
Ես էլ ազիզ բարեկամ...

– Սաքո՜, Սաքո՜, մեզ մոտ արի,
Էս աղջիկը, տե՛ս, ինչ լավն ա...
Տե՛ս, ինչ ուրախ պար ենք գալի.
Տարա – նի – նա՜...տարա – նի – նա՜...

Այնինչ Դեբետից ալքեր են թըռչում,
Ալիքներն ելնում, ալիքներն ուռչում,
Խավարի միջին ծըփում են կայտառ՝
– Բըռնեցե՛ք, փախա՛վ Սաքոն խելագար:

ՄԵՀՐԻ

I

«Սիրելի Մեհրի, չէ՛, ամեն երկրում
Մարդիկ այսպիսի նեղություն չեն կրում.
Այս ի՞նչ երկիր է. տեր չըկա կարգին,
Ամեն ավազակ տեր է մեր գլխին...
Դողալով մնում է մարդ ամեն վայրկյան,
Թե ահա իսկույն, ուր որ են, կըգան,
Կնոջս տանից կառնեն – կըտանեն,
Որդիս կըխլեն կամ ինձ կըսպանեն...
Հալալ հաց չունենք թուրքիցն անկշտում,
Դառն աշխատում ենք ու դատարկ նստում.
Գետինը ձգած սերմը չենք վերցնում...
Այս ընչի՞ կյանք է, դե քեզ եմ հարցնում»:
– Ես գիտեմ, Միհե, ինձ ո՞ւր ես ասում,
Այսպես է, հոգիս, դուն ի՞նչ ես ուզում...
«Մեզանից հեռու, ասում են, որ մի
Աշխարհք կա, Մեհրի, բարեկարգ ու լի.
Այնտեղ չէ իշխում զազանի կիրքը,
Այնտեղ չէ հարզվում կեղծավոր դիրքը»
Եվ մարդիկ այնտեղ իրար հետ սիրով
Ապրում են հանգիստ, թուրքից ապահով.
Իսկ փողըն այնտեղ հողի պես լի է,
Ես էլ կըգնամ, շատ կարելի է»...
– Օ՜ այս ցավերիցն ես դան հեռանում,
Ապա ե՞ս, Միհե, ինձ ի՞նչ ես անում...
«Քեզ...քեզ կըհանձնեմ տիրոջ խնամքին,
Իսկ ես հնազանդ նրա սուրբ կամքին,
Կըգնամ, հոգի՛ս, աշխատանք կանեմ,
Գուցե շուտով գամ ու քեզ էլ տանեմ»...
– Այստեղ աշխատի՛ր, մի՛ գնալ, Միհե,
Ինձնից հեռանալ չեմ թողուլ, չէ՛, չէ՛,

Լավ է միասին մեր ցավը քաշենք,
Քան իրար կարոտ, սիրտներս մաշենք…
«Սիրելի Մեհրի, ինձ հետ հավասար
Դուն քարշ ես եկել, ընկել քարեքար,
Միշտ պակաս օրով, կիսակուշտ փորով,
Շատ անգամ տկլոր, բոբիկ ոտներով:
Ի՞նչ ենք աշխատել, ցո՛ւյց տուր ինձ, հոգիս,
Ի՞նչ, ի՞նչ ես տեսնում տանս կամ հագիս.
Բայց ուրիշ բան է, թե այնտեղ գնամ,
Տես ինչպես պիտի շուտ հարստանամ»:
– Այն հարստությունն ես ի՞նչ եմ անում.
Ա՜խ, Միհե, Միհե, դու չես իմանում,
Ինչն է ինձ տանջում, թե որ իմանաս…
Այն օտար երկրում որ հիվանդանաս,
Գոնե, ո՞վ պիտի քեզ սառը ջուր տա,
Պատռածդ կարի, կեղտդ լվանա…
Ազիզ օր կըգա, դուն անտուն, մենակ,
Կուչ կըգաս սրա – նրա պատի տակ…
Լցվեց, հեկեկաց Մեհրին դառնագին.
Սիրտ տվեց Միհեն, – Բան չըկա, ա՛յ կին»…

II

Մի աշնանային ցուրտ իրիկուն է.
Ծխոտ ու փլեկ հին գլխատուն է.
Ածխակոթերը մլում են տխուր.
Օջախի շուրջը նստոտած են լուռ.
Ծեր սկեսար կողքին հարսն է կուչ եկած,
Միհեն նստած է երկուսի դիմաց:
Հազիվ են նկատվում նրանց դեմքերը.
Տխուր են մարդ ու կին, տխուր է ծերը,
Հոնքերի տակից փայլում էր թախիծ,
Եվ ահաբեկված մի գաղտնի վախից,
Բերանն անատամ, դողդոջուն ձայնով
Այսպես բաց արավ՝ իրան պահելով.

– Ո՞ւր ես կամենում գնալ, իմ Միհ,
Այնտեղ ի՞նչ կա, ի՞նչ, նպատակդ ի՞նչ է,
Ինչո՞ւ ես թողնում քո հոր օջախը,
Ալեոր հորդ, քո օղլուշաղը:
Ես ծերացել եմ, առաջվանը չեմ,
Որ ամեն ցավի ետևից թռչեմ.
Արդեն հասել են մահվանս օրերը,
Դուն էլ գնում ես, ո՞վ է մեր տերը:
Կաց այստեղ, որդի, հորըդ ականջ դիր,
Ձեռքդ չեն բռնում, այստեղ աշխատիր:
«Այստեղ ի՞նչ կա, հայր, որ ինչ աշխատեմ,
Հենց թեկուզ, ասենք, մնամ, աշխատեմ.
Ի՞նչը կըպրծնի անօրեն թուրքից, –
Մարդու հացն անգամ խլում են ձեռքից»:
– Ոչ ոք չի դիպչել քո արդար հացին,
Տուր փարեն՛ պրծիր չարեն, ասացին
Մեր լուսահոգի խելոք պապերը:
Կատարի՛ր, որդի, նրանց պատվերը,
Սոված չես մնալ, բախտավոր կըլնես,
Թուրքն էլ քաղցր աչքով միշտ կնայե քեզ:
«Աշխատանք չըկա, հայրիկ, աշխատանք,
Եղած չեղածն էլ որ թուրքերին տանք,
Իսկ մե՞նք ինչ անենք, սոված կոտորվե՞նք.
Մինչև ե՞րբ պիտի այսպես չարչարվենք»:
– Մեր ցավն է, որդի, մենք պիտի տանենք,
Դուն ո՛նց ես ուզում, ուրիշ ի՞նչ անենք.
Եթե ձեռքիցդ մի բան է գալիս,
Դե արա՛, ո՞ւմ ես էլ մտիկ տալիս,
Թե չէ, ինչո՞ւ ես կորչում հողեհող,
Ո՞վ է քեզ համար այնտեղ կտրել փող:
«Չգիտես, հայրիկ, այդ ինչ ես ասում,
Այն երկրում փողը թիով են դիզում.
Դուն չես հավատում Մկոյի խոսքին,
Որ այնտեղ խանով են չափում ոսկին»:

– Խանով ոսկին քեզ համար չեն չափում,
Ցնորքներ են, որդի, քեզ շլացնում, խաբում.
Դարձի՛ր այդ ճամփից, լսի՛ր ծեր հորդ,
Պանդխտության մեջ կըսնացնես օրդ:
«Ես չեմ ուզում, հայր, օրեր սնացնել, .
Այլ մեր սև օրին մի ճար հասցնել.
Ես պիտի գնամ, և երբ որ աստծով
Կըվերադառնամ ջեբս լի ոսկով,
Կըզովէս որդուդ, թե ինչպես ճարեց
Այդ հարստությունն, քեզ մխիթարեց»:
– Դու գիտես, որդի, գնա՛, տեր ընդ քեզ,
Բայց տե՛ս, մտիցդ երբեք չըձգես
Պապիդ օջախը, քո հայրենիքդ,
Ծերունի հորդ, ջահել կնիկդ –
Թե սրանց, Միհե, դուն կըմոռանաս,
Իմացի՛ր, թեկուզ թագավոր դառնաս,
Որ չես քաշելու քո արած մեղքից:
Բարի ճանապարհ, թող քեզ ուղեկից
Լինի այն հրեշտակն, որ երբեմն տարավ
Տովբիթի որդուն դեպի Մարաստան.
Իսկ ես հայրական սրտով վիրավոր
Քեզ համար աղոթք կանեմ ամեն օր –
Է՛հ, գնա՛, որդի, գնաս – գաս բարով...
Վերջացրեց խոսքը ծերունին զորով...

III

Տանջվում էր, տանջվում խղճալի Մեհրին.
Խառնվում էին նրա վշտերին
Եվ սնունդ էին տալիս անհամար
Կասկածանքները տխուր ու համառ:
Սարսափում էր նա, երբ ամեն վայրկյան
Մտաբերում էր ժամըն անջատման.
Մի օր էլ մնաց, մի օրը վերջին,
Որ ճափու դնե Մեհրին Միհեին:

Եվ արտասվելով խեղճ կինը կարեց
Մի սիրուն դայլուխ ու վրեն շարեց
Գույնզգույն հուլունքներ վզի շարանից,
Մարդուն հիշատակ տվեց իրանից:

IV

«Դե՛հ, մնաք բարով, ծերունի հայրիկ,
Նազելի Մեհրի, սիրուն հայրենիք,
Սրտակից տղերք, ընկեր – հարևան,
Մոտիկ բարեկամ, արյուն – ազգական»...
Ասաց սրտաբեկ երիտասարդը,
Եվ, անիծելով իրան չար բախտը,
Ճանապարհ ընկավ. այնինչ ջրատար
Մեհրին ետնից նայում էր երկար:
Միհի հայրն էլ, զառամ ծերանին,
Դողալով հենված յուր գավազանին,
Բերանը, բացած, ձեռքը ճակատին
Նայում էր ապշած Միհի ճամփին:
Դեռ երևում էր սև կետի նման,
Այն էլ չքացավ, և ամենայն բան
Վերջացավ պրծավ. ծերուկն ու Մեհրին
Ապշած ու քշված կանգնած մնացին:
Միհին ճամփա դնելու համար
Հավաքվածները, իբրև մխիթար,
Մեհրուն ու ծերին հուսադրական
Խոսքեր խոսեցին, կամաց հեռացան:
Բայց երկա՜ր, երկար, մի ձայն թույլ, չնչին.
Այսպես խոսում էր նրանց ականջին. –

***

«Սիրելի Մեհրի, մնացիր բարով,
Աչքերդ լցրած, տխուր երգերով
Չըհիշես էլ ինձ, մոռացիր, հոգիս,
Չըկանգնես երկար, չընայես ճամփիս.

Թե աչքդ մնա, կըխաբե նա քեզ,
Թե հանկարծ շեմքում ռանաձայն լսես,
Հանգի՛ստ, սիրելիս, գիշերվան ժամին
Գիտե միշտ խաբել խաբուսիկ քամին:
Գուցե թե գիշերն անքուն աչքերով
Ուզես իմանալ վիճակս աստղերով,
Եվ հանկարծ մինը ծոր տա ու թռչի,
Մութ հորիզոնի սահմանում կորչի,
Խռոված հոգով և հազար ու մին
Մտածմունքներով մտնես անկողին,
Մի տխուր երազ կըգա կազդե քեզ,
Որ քո Միհին էլ տեսնելու չես»...

***

«Իսկ դուն, ո՛վ անբախտ և չարատանջ մարդ,
Դո՛ւն, իմ ծերունի հայրիկ ալեզարդ,
Երբ որ կըխնդրես արդեն չորացած
Քո բազուկներդ երկինք տարածած
Ու չես գտնիլ ծերության նեցուկ,
Որքան արտասուք կըթափես ծածո՛ւկ
Ո՛հ, ինչպես պիտի քո ճերմակ միրքի
Վրայից հոսեն հորդ արտասուքի
Աղի շիթերը, թրջեն վշտակոծ
Մազոտ, մերկ կուրծքդ, և ինչպես սև օձ,
Կըթունավորեն օրերդ ծերության
Գաղտնի կասկածներն Միհիդ մահվան:
Քո որդու ձեռքի հողին անարժան
Կըխփես, հայրիկ, աչքերդ հավիտյան.
Անմխիթարանք և որդուդ կարոտ.
Բայց և քո տխուր գերեզմանի մոտ
Չի կանգնելու քո Միհն երբեք...
Դուք այնտե՛ղ, այնտեղ իրար կըգրկեք»...

V

«Վարդիթեր քույրիկ, գիշերս երազում
Դռնիցն ականջիս մի ձայն է հասնում,
Տնքում է երկա՛ր և ծանր հառաչում,
Հանկարծ մի կամաց Մեհրի է կանչում:
Դուրս եկա, տեսնեմ՝ Միհեն էր կանգնած
Մի սև ձի հեծած, թռավ ու գնաց.
Ետևուց կանչեցի՝ Միհե՛, կաց, արի՛.
Հենց այս կանչելումն աչքս բաց արի:
Էլ ետ չնայեց, սև ձիուն հեծած,
Սև շորեր հագած, սև ճամփով գնաց.
Քամու նման էր այն սև ձին վազում.
Ի՞նչ է, Վարդիթեր, սև ձին երազում»:
– Մեհրի, տեր աստված բարին կատարի,
Տիրամոր առաջ մի ջուխտ մոմ վառի:
«Երեք օր առաջ Շողերի զարին
Թեև մոտիկ էր ցույց տալիս բարին,
Բայց չար հարամին (նա այսպես ասաց)
Ճամփա չէ տալիս առաջը կտրած»:
– Մեհր՛ի, տեր աստված բարին հառաջի,
Գրավ խոստացիր սրբի ու խաչի:
«Իսկ այս առավոտ մի ագռավ եկավ
Երդիկին վեր եկավ, սիրտս դող ընկավ,
Երբ բերան բացեց, զլուխն ուտե իրան,
Բոթաձայն կռվեց ճիշտ երեք բերան»:
– Մեհրի, տեր աստված բարին կատարի
Տիրամոր առաջ մի ջուխտ մոմ վառի:

VI

Ճամփա է տանում դեպի Հայաստան.
Այն ճամփու վրա կա մի գերեզման,
Որ միշտ հայացքով լուռ, ողորմելի,
Անցվորից խնդրում է մի ողորմի:

Չունի այն քարը չարաշուք դրած
Ոչ տապանագիր, ոչ անուն գրած,
Որ մարդ իմանա, թե այս վայրենի,
Ամայի վայրում ո՞վ պիտի լինի
Հանգստանալիս անտաշ քարի տակ:
Արդյոք խստակյաց մի սուրբ նահատակ,
Փախած աղմուկից մեղքոտ աշխարհի,
Եկավ և այստեղ, այս ճանապարհի
Վերա հաստատեց իրան օթևան,
Իբրև աստծուց կարգած պահապան.
Թե չար մարդիկը, դեռ կիսաճամփի,
Կտրեցին թելը ճամփորդի կյանքի.
Գուցե մարդկանցից քշված, հալածված
Ավազակը վես յուր գլուխը ցած
Դրեց այստեղ, և այս ճամփու տակին
Ավանդեց իրան մեղավոր հոգին...

VII

Մի օր մի քանի հայ անցվորական.
Քրտնքամխած այն ճամփով եկան,
Կանգ առան այնտեղ ու շունչ քաշեցին,
Փոշոտած դեմքից փոշին սրբեցին:
Դեպ| այն շիրիմը նրանցից մեկը
Երկչոտությունով մեկնեց յուր ձեռքը,
Եվ այսպես հորդոր կարդաց մյուսներին՝
– Եղբայրք, ողորմի տվեք Միհրին.
Սրանից առաջ մի քանի տարի
Եկանք տեսանք, որ այս ճանապարհի
Վերա հավաքված գիշակեր թռչուն,
Գիշատվող զազան, մի լեշ են ուտում,
Քշեցինք նրանց, – – տեսնենք մի դիակ
Ի՛նչպես սոսկալի, ի՛նչպես այլանդակ
Շատ տգեղ էին և զարհուրելի
Սիպտակ շարքերը բաց ատա՛մ ների.

Դատարկ աչքերի փոսից էլ, կարծես,
Տխուր հայացքով նայում էր նա մեզ:
Դեմքին ու լեշին երկար նայեցինք.
Վերջը շորերից միայն ճանաչեցինք,
Եվ պատառոտած նրա դիակը
Քարշ տվինք հասցրինք այն ծառի տակը,
Թաղեցինք այնտեղ և փախանք թաքուն. ,
– «Աստված ողորմի Միհի հոգուն.
Մի բերան ամենքն ասացին սրտով
Եվ ահակալած հեռացան փութով:

VIII

Գնում է ճամփա՛ն մտնում մի ավան,
Տխուր, կիսավեր հայի բնակարան,
Եվ այդ ավանի նույնիսկ առաջին
Տան շեմքում կանգնած դեռահաս մի կին,
Երեսը ծածկած բարակ քուշուշքով,
Առաջի ճամփին նայում է ուշքով.
Այդ ճամփով մի օր նրա սիրելին
Գնաց հեռու տեղ, չդարձավ կրկին:

IX

Տարիներ անցան, և աչքը ճամփին
Մնաց նայելիս նորահարս Մեհրին.
Ձեռքերը ծոցին, աչքերը լցված
Նայում էր, խոսում նա տարակուսած –
«Ա՛խ, մի ծիտ դառնամ, թռչեմ ու գնամ,
Գտնեմ Միհիս, տեսնեմ մի անգամ.
Բայց ո՞վ կըտա ինձ թռչելու թևեր...
Երնեկ իմանամ, երնեկ մինն ասեր,
Թե այս րոպեին նա ինչ է անում:
Գո՞րծ ունի արդյոք, հաջո՞ղ է գնում,
Արդյոք մի անգամ ինձ մի՞տն է բերում,

Գիտե՞, թե օրերն ինչպես եմ համրում.
Ով գիտե, գուցե այնտեղ մի սիրուն
Խանում կին սիրեց, մոռացավ Մեհրուն,
Կամ, գուցե, հիվանդ տնքում է հիմա,
Չորս կողմը նայում՝ յուր Մեղրին չըկա.
Թե չար թշնամին, ձեռքը չորանա,
Սուրը բարձրացրեց Միեխս վերա.
Չըլինի թե վաղուց, Մեհրի ու աշխարք
Մոռացած, թողած, նա սե հողի տակ...
Ա՜խ, ինչո՞ւ է, ինչո՞ւ այսքան տանջանքը,
Միթե սա՞ է, տեր, քո տված կյանքը.
Միթե ա՞յս էր ինձ համար պատրաստած,
Ի՞նչ արի քո դեմ, անարդար աստված:

X

Գնաց ու գնաց, չըդարձավ կրկին.
Բայց, ահա, մի օր նկատեց Մեհրին,
Որ հեռվից մի բան սևին է տալիս.
«Ղարիբությունից ոքմին է գալիս»,
Մտքամըն ասաց Մեհրին և ծովծով
Աչքերի արցունքը սրբեց զոգնոցով:
Սիրտը սկսեց արագ բաբախել,
վաղուց էր, խեղճ կինն այդպես չէր եղել,
«Օ՜, տառապածի ողորմած աստված»,
Մրմնջաց Մեհրին աչքերը լցված,
Ուրախությունից արցունքը հետին
Ցավերը պիտի ողջ թափեր գետին:
Արղնն եկավորն եկավ մոտեցավ»
Քանի մոտեցավ, այնքան շատացավ.
Եվ ահա, մի խումբ թուրք ավազակներ»
Գյուղը քանդեցին, արին տակն ու վեր.
Լեղապատառ տուն ընկած Մեհրուն
Տանից հանեցին, նստեցրին ձիուն.
Նրա ալևոր սկեսարն ընկավ

Թուրքերի սրից և խսկույն հանգավ.
Ծերի անեծքի հետ ի միասին
Տարան թուրքերըն յուր խոնարհ հարսին:

XI

Ճամփա է տանում դեպի Հայաստան.
Այն ճամփու վրա կա մի գերեզման,
Գերեզմանի մոտ մի ծառ է կանգնած.
Այն հովանու տակ ահա մի հոգնած
Ձիավոր իջավ, և նորա թարքին,
Իրան փաթաթված, նստած էր մի կին.
Եվ տղամարդը զենքերում կորած,
Կանաչ խոտերում երբ ձիուն թողաց,
Դարձավ դեպի այն վաստակած կինը,
Ցույց տալով մատով մոտիկ շիրիմը.
– Մեհրի, ճանաչի՛ր իգիթ Օսմանին.
Նայիր առաջիդ այդ գերեզմանին.
Այդտեղ թաղած է, մի քանի տարի
Առաջ, իմ ձեռքով մեռած զյավուրի
Հոտած մարմինը. երբ որ նրան ես
Թալանում էի, հայհոյում էր մեզ:
Շատ համարձակ էր այն լիրբ զյավուրը,
Բայց երբ Օսմանի կտրուկ կեռ թուրը
Նրա գլուխը ուսերից պոկեց,
Էլ բան չըխոսեց և խելքը պառկեց:
Գրպանում, ծոցում ոչինչ չըգտա,
Աղքատի մինն էր, միայն այս առա.
Ասաց, գրպանից հանեց դայլուխը,
Մեհրու արյունը տվեց գլուխը.
– Ես պիտի քնեմ, Մեհրի, դու մնա,
Լավ նայի՛ր, որ ձին հեռու չըգնա.
Մինչև հովն ընկնի, այնպես վեր կենանք,
Աստղծուն կանչենք, մեր ճամփեն գնանք:

XII

Մեհրին քարացած, որպես շանթահար
Այն գերեզմանին նայում էր երկար
Ուշքը վերացած, ոչինչ չէր տեսնում.
Ուրիշ երկրում էր ականջին հասնում
Անլուռ աղմուկը մոտիկ առվակի,
Արձագանքն իրանց պատող ծմակի.
Այնինչ աչքերը փայփայում էին
Զվարթ երեսով առողջ Միհին:
Նայում էր Մեհրին, նայում էր միայն,
Եվ ահա բարակ, դողդոջուն մի ձայն
Հասավ ականջին այն գերեզմանից. –
«Առ իմ արյունը, Մեհրի, Օսմանից»:
Սարսափեց, դողաց և միանգամից,
Ինչպես որ հանկարծ զարթնում են քնից,
Սթափվեց Մեհրին, նայեց դես ու դեն,
Ինչպես նայում է վախեցած երեն,
Եվ մի միտք նրա դեմքըն այլայլեց. –
Խոշոր աչքերում վրեժը փայլեց,
Վայրենի ձևով, զգույշ ու կամաց
Մի քանի քայլով թուրքին մոտ գնաց,
Ձեռքերը փռած, քնած էր թուրքը,
Ծանր ու երկար շնչում էր կուրծքը.
Կամաց խանչալը պատենից քաշեց,
Օսմանը հանկարծ բազուկը շարժեց,
Թեթև թռիչքով ետ թռավ Մեհրին,
Խանչալը պահեց գոգնոցի տակին
Եվ անշարժ մնաց, մինչև որ դարձյալ
Օսմանը սկսեց հանգիստ խռմփալ:
Փայլեց պողպատը վառ արևի տակ.
Եվ Մեհրին, ինչպես հոգեհան հրեշտակ,
Խանչալը ձեռքին մնաց խոր քնած
Իգիթի գլխին մի րոպե կանգնած.
Դարձյալ դես ու դեն խենթի պես նայեց,

Ջզուշ կորացավ, շունչն իրան պահեց,
Խանչալի ծայրը դնելով կրծքին
Ցուր բոլոր ուժով հարեց դաստակին:
Օսմանը գոռաց, վեր թռավ տեղից,
Մեհրին սարսափած փախս առավ վախից
Վազրի թոիչքով ցատկեց Օսմանը,
Հասավ ու բռնեց թիկունքի ծամը.
Եվ դարձավ Մեհրին ահից կատաղած,
Դարձյալ թուրքի դեմ խանչալը շողաց,
Մռնչաց ուժգին, մազերը թողաց,
Կրակոտ աչքերն արյունը կոխած,
Կիսաշունչ թուրքը թուրը պտտեց,
Ծղրտաց Մեհրին, աչքերը մթնեց.
Վայր իջավ թուրը, նրա հետ Մեհրին
Մի թույլ ճիչ հանեց, խանչալը ձեռին,
Կուրծքը պատառած, արյունաթաթավ,
Միեւ շիրմի վերա վայր ընկավ.
Վայր ընկավ մեռափ նաև Օսմանը,
Եվ երեք դարձավ մի գերեզմանը:
Դեռ իրար կողքի հանգչում են այնտեղ
Չար սպանողն ու սպանվողն անմեղ.
Եվ ամեն տարի գարունը գալով
Հավասար պճնում է նրանց դալարով:

ՄԵՐԺՎԱԾ ՕՐԵՆՔ

I

Բարձրադիր լանջում բարձր սարերի
Աղոթք է անում լուռ կանգնած մենակ
Հին հիշատակը հին – հին դարերի –
Քրիստոնեից միանձանց մի վանք:
Նրա սըրրածայր գմբեթը քարյա
Բարձրանում է վեր – դեպի երկինքը,
Խաչակնքելով աշխարքի վերա
Օրհնում է մշակի արդար քրտինքը:
Այնտեղ խստակյաց միաբանություն
Ճգնում է միտքը աղոթքի տված,
Անհաղորդ երկրի վայելքին ունայն,
Մինչև որ յուր մոտ կըկանչէ աստված:
Չեն լսվում երբեք սուրբ հայրերի մոտ
Մարդոց խնջույքի ուրախ երգերը,
Եվ ոչ կանացի հայացքը խանդոտ
Հուզում է մեղքով խաղաղ սրտերը:

II

Երեք օր առաջ վաղ առավոտյան
Համընթաց մի սայլ մոտեցավ վանքին,
Հեռու կողմերից ուխտավորք եկան
Երկրպագելու սրբոց մասունքին:
Եվ դղրդալով բարեպաշտ մարդկանց
Առջև բացվեցան դռներն աստծո տան,
Եվ մի ահավոր երկյուղով լցված,
Խաչակնքելով նրանք ներս մտան:
Սուրբ կամարները, սնացած արդեն,
Մի անգամ դարձյալ ծածկվեցան ծխով.

Ծխի մեջ վառվող մոմերի առջև
Ծունկ չոքած աղոթք արին երկյուղով:
Զոհը զենեցին և բաժանեցին,
Ապա սրբազան նվերներ տարան
Այն աղոթարար միաբաններին –
Մեղքի թողություն, օրհնություն առան:
Բայց կատարվեցավ այլ մեծախորհուրդ
Ուխտ և ողջակեզ կյանքի հաշտության,
Փրկեց ակներև մահից մի հոգի,
Որ պիտի անմեղ կորչեր հավիտյան:
Ոչ արյուն թափվեց, ոչ հուր բարձրացավ,
Ոչ տեսանելի կանգնեցավ սեղան,
Հոգիները միայն անձայն խոսեցան –
Վերածնվեցավ մատաղ աբեղան.
Եվ մաշված կրծքում կրքերը մարած
Ավելի սաստիկ եռացին նորից,
Իսկ այն ընտանիքն, ուխտը կատարած,
Դուրս գնաց արդեն վանքի դռներից:

III

Մարդոց մեղքով լի շեներից հեռու,
Սուրբ անապատը գիշերվա մթնում,
Ինչպես մի հսկա, ահռելի ուրու,
Ահա կանգնած է ահավոր, տրտում:
Նրա խցերից մեկում միայնակ
Մի երիտասարդ, դժգույն, դալկահար,
Ձիթի ճրագի աղոտ լուսի տակ,
Անկողնում անքուն տանջվում էր երկար:
Հազիվ հեռացան հախուռն մտքերը,
Որ քունն աչքերին մոտ չէին թողնում,
Հազիվ ծանրացան արտևանունքները –
Քնեց աբեղան յուր կոշտ անկողնում,
Եվ հանկարծ կանգնեց նրա գլխի մոտ
Լուսեղեն մարմնով մի կույս երկնածին,

Կարեկցությամբ լի, բայց սաստիկ կրքոտ,
Աշխույժ հայացքով նայեց քնածին:
Նայում էր առ ժամ և կամաց – կամաց
Հասուն, լի կուրծքը ուռչում – իջնում էր,
Կարծես՝ երեսին մեղմածուփ ալյաց
Ճերմակ փրփուրը խաղալիս լիներ:
Ապա շնորհալի և խիստ հեզանազ
Շարժվածքով ճկուն մեջքը խոնարհեց,
Եվ տաք համբույրով վարդերանգ շրթանց
Քնածի տխուր ճակատը այրեց:
Զարթնեց աբեղան և զգաց հոգում
Մի ցավ, որ սաստիկ տանջում էր իրան.
Այնինչ այցելու ոգին երկնքում
Փայլատակում էր մի աստղի նման:
Դուրս նայեց տեսավ նորեկ արևը
Երկնքի ծայրը հրդեհ էր ձգել,
Նայեց աշխարքին, նայեց վերևը,
Եվ ուզեց իսկույն բոլորը գրկել...

IV

Փոխվեցավ այսպես վանականն անմեղ, –
Յուր խուցը դարձավ առավել նեղլիկ,
Եվ մեղմ աղոթքի անդորրության տեղ
Հայտնվեց հոգում անծանոթ մրրիկ:
Ո՜վ զարմանք, արդեն սիրալի սրտով
Մի գիշերվա մեջ կարոտել էր նա,
Եվ ափսոսում էր, թե ինչու շուտով
Գնացին վանքի հյուրերն երեկվա:
Կարոտել էր նա. և նրա աչքին,
Քավության ճերմակ շապիկը հագին
Միշտ երևում էր այն գերդաստանի
Վայելչահասակ դուստրը գեղանի: –
Երևում էր նա գլխակոր չոքած
Լուռ աղոթելիս սեղանի առաջ,

Կամ այստեղ նստած, կամ այնտեղ կանգնած՝
Թախծալի, քնքուշ դեմքով սիրատանջ:
Ամենայն անգամ նորա տեղերին
Մոտիկ գնալիս, կամ թե կանգնելիս
Ծնկներն ու սիրտը դողդողում էին,
Եվ մարմնին ախորժ թմբիր էր գալիս:
Երկար ժամերով քարացած – անշարժ
Մի տեղ մնում էր նստած, գլխաքարշ –
Ապրում էր մտքում երազած օրով,
Եվ ցնորմունքից ուշաբերվելով
Հաճախ անհանգիստ նա չարչարվում էր,
Լալիս էր ծածուկ, վանքից կորչում էր,
Եվ կատաղում էր, որ մի մարդ չկար՝
Յուր ցավն սփոփեր, կամ գեթ հասկանար...

V

Արդեն հրեղեն գունդն արեգակի
Ուժասպառ, հոգնած դեպի մայր թեքվեց.
Փուլ եկավ դարձյալ սիրտն աբեղայի –
Գիշեր է հասնում, նա տրտում երգեց.
Արևը թռավ.
Թոցրեց, տարավ
Փայլուն շողերը.
Խավար գիշերը
Ծանրացավ ահա
Դաշտերի վերա:
Գերին արևի
Գլուխը դեպի
Արևմուտ ծռած
Մնաց սալարած:
Սպասում է նա,
Թե երբ կերևա
Երկնակամարից
Արևը նորից:

– Ա՛խ, շուտո՛վ բացվիր,
Արև կենսաձիր.
Գուրգուրիր կրկին
Արևածաղկին:
Հեռացար և դու,
Անհայտ սիրատու.
Բոցոտ հայացքով
Լցրիր կըրակով
Սիրտս վշտահար,
Եվ քեզ հետ տարար
Ուշքս ու միտքս...
Մթնեց երկինքս.
Ես էլ ծաղկի պես
Սպասում եմ քեզ. –
Ահա շվարած
Գլուխս ծռած,
Ես էլ եմ նայում,
Քո ճամփեն պահում.
Ծագի՛ր դու նաև
Իմ հոգուս արև:

VI

Գիշերվա մթնում նեղ լուսամատից
Երևում է լույսն աղոտ լամպարի.
Ցար անձուկ խցում նստած է հանգիստ
Ծիր վերակացուն հին սրբավայրի:
Կծղել են երկայն մազ ու միրուքը
Այն խստակրոն ծեր վանականի,
Հանգել են աչքերն, և հեզ ծերուկը
Չունի երեսին մի գիծ կենդանի:
Արդեն չորացած երկայն մատներով
Ցուր սև համրիչի հատերն է քաշում,
Եվ խաղաղությամբ, դրախտի հուսով
Կյանքի մնացած ժամերը հաշվում:

Մահի հարվածից նա չի սարսափում,
Եվ բան չի խլում մահը նրանից, –
Երկրի հետ նրան ոչինչ չի կապում,
Ողջ սպասում է նա գերեզմանից:

VII

Փոքրիկ դռնակը զգույշ բացվեցավ.
Մի մեռելատիպ, բայց երիտասարդ,
Աչքերը վառված սևաշոր մտավ.
Եվ հարցրեց նրան ծերուկը հանդարտ.

Ծեր վանահայրը

Ի՞նչ ունես, որդյակ:

Երիտասարդ աբեղան

Հայրիկ, ներիր ինձ,
Այսպես տարաժամ որ քեզ մոտ եկա.
Սիրտս ուզում է դուրս թռչել տեղից...
Այլևս համբերել չըկարողացա...

Վանահայրը

Համբերություն տա թող բարձրյալը քեզ.
Բայց ինչո՞ւ համար հուզված ես այդպես:

Աբեղան

Ինձ ասա՛, հայր սուրբ, զաղտնիքը կենաց
Արդյոք օրենք է աստծուց սահմանա՞ծ...

Վանահայրը (ընդհատելով)

Այո՛, տեր աստված աշխարհքին, որդյակ,

Ապրելու համար տվել է օրենք,
Եվ մենք սրբությամբ, ինչպես օրինակ,
Այն օրենքները պիտի կատարենք:

Աբեղան

Կատարենք, հայր սուրբ...ապա, երբ որ կա,
Խնդրում եմ տիրոջ այն սուրբ օրենքով,
Որով ապրում են մարդիկը նորա,
Նաև մարդկային իմ իրավունքով...

Վանահայրը (ընդհատելով)

Էյ ի՞նչ իրավունք...դու պաշտոնյա ես,
Մի սպասավոր աստղծո տանը,
Պիտի տաճարի սեղանին նայես,
Աղոթես, ճգնես, այս է քո բանը.
Եվ դրա համար չես մնալ անմաս –
Բոլորի վարձը այնտեղ կստանաս:

Աբեղան

Ես ծառայում եմ, և իմ պաշտոնում,
Տեսնում ես, ահա, պակասավոր չեմ,
Երկնքի վարձը չեմ արհամարհում,
Բայց մի՞թե երկրում ես պիտի կորչեմ...

Վանահայրը

Մի մազ չի կորչիլ գլխիդ մազերից.
Մի՛ սնուցանիր սրտումդ կասկած

Աբեղան

Սակայն չէ՞ որ մեզ այս լեռ քարերի
Ճգնության համար չստեղծեց աստված:

Իմ օրերն այստեղ տխուր են անցնում.
Վառվում է սրտումս հուրը կենսական,
Ինչո՞ւ եք նրան դուք զոռով հանգցնում
Մահաշունչ գրկում խուլ առանձնության.
Կարոտ է հոգիս, թռչում է հրաթև
Այս մենաստանի բարձրր պարսպից,
Չեմ կարող մնալ ես այստ հետև,
Եվ երբեք, մինչդեռ զրկված եմ կյանքից...

Վանահայրը

Այստեղ է կյանքը, այս սուրբ հարկի տակ.
Աղոթի՛ր, ճգնի՛ր, կըզտնես, որդյակ:

Աբեղան

Չէ՛, չեմ գտնում, հայր, աղոթքների մեջ
Եվ ոչ հոգեբուխ մեղեդիների,
Դարձյալ մնում է նա սաստիկ մի տենչ,
Մի տենչ անկատար, անհասանելի.
Սարսափում եմ ես. – մոտ է վտանգը –
Իմ մահն ինձանից մոտիկ է, մոտիկ.
Այստե՛ղ չեմ գտնում մխիթարմանը,
Որով շնչում են, ապրում են մարդիկ:

Վանահայրը

Ուրեմն չըկա, ինչ որ ուզում ես,
Եվ այդ ցնորք է, կամ փորձությունով
Նզովյալ չարը խաբբալում է քեզ
Հոգի կործանող յուր պատրանքներով:

Աբեղան

Եթե նա չըկա, ոչինչ չեմ հարգում,

Ատում եմ և ինձ, իմ անձս միայնակ,
Ոչինչ չեմ գտնում այլևս աշխարքում –
Լոկ խաբեություն և անմիտ տանջանք. –
Թող այնուհետև քանդվի նա իսպառ,
Նրա երեսին էլ կյանք չըծաղկի,
Թող մեռնեն մարդիկ, թող ուտեն իրար...
Ես էլ չեմ խղճում այստեղ ոչ ոքի:
Սակայն չէ, նա կա. անբա՛խտ ալևոր,
Կուրծքդ երևի դեռ չէ եռացել,
Մենակ է աճել հասակդ բոլոր
Եվ առանց կյանքի հանգել, ծերացել
Բայց երբ սոսկալի առանձնության մեջ
Ինձ պաշարում է սարսափը մահու
Եվ ունայնության մտքերն հոգեմաշ
Ինձ երևում են տխուր, ահարկու,
Շուրջս չեմ գտնում փրկության նշան:
Իսկ մահը, կարծես, չոքում է կրծքիս,
Միմիայն խորափոս, խավար գերեզման,
Միմիայն դժոխքն է երևում աչքիս,
Նա այն ժամանակ վրա է հասնում
Ինչպես լուսավոր շողն արևլուսի,
Փարատում հոգուս մռայլությունը,
Վանում մահաշունչ մտքերն մեկուսի,
Կյանքի ջերմությամբ լցվում է սիրտս...
Եվ ես զգում եմ, որ այն քաղցր ու նուրբ
Զգացմունքով է կենդանի մարդս.
Բայց ափսո՛ս, որ դու չըգիտես, հայր սուրբ:

Վանահայրը

Այն սուրբ հոգին է, կամ մի սուրբ հրեշտակ,
Որ այցելում է, ո՛վ արժանավորդ,
Եվ կյանքի աստվածաբնակ
Այս սուրբ տաճարում քեզ տալիս հաղորդ:

Աբեղան

Օ՜ – չէ՜, չէ, հայր սուրբ, նա չէ իջանում,
Ինչպես Սուրբ հոգին, աստծո խորանից,
Եվ ոչ հրեշտակի պաշտոն է տանում,
Բայց ես շա՜տ հեռու, հեռու եմ նրանից:
Ա՜խ, նա պակաս է, նա չըկա այստեղ,
Մերժած է անգամ նրա անունը,
Եվ ահա դատա՜րկ, դատարկ է ահեղ
Օրենքի պաշտպան աստուծո տունը:
վանահայրը
Այդ խաղաղության թշնամին է չար,
Որ միշտ հեռու է ահիցը վանքի:

Աբեղան

Նա չար չէ, հայր, այլ միակ հաշտարար
Մարդու և կյանքի:

Վանահայրը

Ապա սո՞ւրբ է նա:

Աբեղան

Սո՜ւրբ, ինչպես աստված և յուր օրենքը
Եվ սիրելի է, որքա՜ն և կյանքը...
Ես մեղք չեմ անում, հավատա, հայրիկ.
Դուք ինչու համա՞ր ինձ այստեղ բերիք.
Ես ի՜նչ եմ արել, չէ՞ ես էլ եմ մարդ,
Նրանցից մեկը, որ այնքան ազատ
Ապրում են իրանց ցանկություններով,
Որ աղոթում են ուրախ սրտերով...
Ինչու համա՜ր է իմ աղոթքն այստեղ,
Ո՞ր մեղավորին կըտանե եղեմ...

Ինչու համա՞ր եմ չարչարվում անմեղ,
Եվ եթե այսպես ես այստեղ մեռնեմ,
Ձեզ կամ աստղծուն ի՞նչ շահ իմ մահից...
Ուզում եմ ապրել, հա՛յր, կյանք տվեք ինձ...

Վանահայրը

Կյանք տալը նրա ձեռքին է, որդի,
Մարդս ի՞նչ կաներ, որ շատ էլ ուզեր,
Բայց ասա՛, տեսնենք իղձը քո սրտի –
Ի՞նչ ես կամենում:

Աբեղան

Մի աղջկա սեր...

Վանահայրը

Պապանձվի՛ր, ո՛վ լիրբ, աչքիցս հեռացի՛ր,
Մի՛ ապականիր և մեր աղոթքը,
Շուտո՛վ, հեռացիր, կամ գետինն անցիր,
Չըպղծե տաճարի այամը քո ոտքը:
Քո սրտին արդեն տիրել է չարը,
Հեռացի՛ր, աստծո բարկությունը տար,
Որ չըկործանե և այս տաճարը
Քեզ հասանելի պատուհասն արդար:
Կամ ապաշխարիր պահքով, աղոթքով,
Հեռու հալածիր դիվական կիրքը,
Էլ այդպիսի բան չանցնի քո մտքով...
Շո՛ւտ, առանձնացի՛ր, կարդա սուրբ գիրքը:

Աբեղան

Չէ՛, էլ չեմ կարող. հերիք էր ինչ որ
Առանձնության մեջ տանջվեցի լռած,

Էլ չի բռնանալ այս տենչատռչոր
Սուրբ սիրո վրա քու սիրտը մեռած:
Արդ ես համարձակ խոստովանում եմ
Քո և աշխարհքի առջև իմ սերը,
Եվ բոլոր հոգով արհամարհում եմ
Անցած դարերի խավար ծեսերը:
Դու էլ ես ապրել նախնյաց օրենքով, –
Ապրել ես միայնակ, մարդոց անօգուտ,
Այլև անկանոն, ցավալի կյանքով,
Մեղքեր ես միմիայն վաստակել հոգուդ:
Դու էլ, հնազանդ քո նախնյաց կարգին,
Ուխտեցիր տանել կյանքը վանական,
Բայց հաղթեց խավար բռնության կամքին
Միշտ ամենազոր օրենքը բնության...
Չէ՛, չեմ ճանաչում, ես չեմ դավանում
Այնպիսի աստված, օրենք անիրավ,
Որ անարգում է սերն ամուսնական –
Օրհնի՛ր, ծերունի, և մնաս բարյավ:
Միրավառ սրտի համարձակ լեզվով
Ծերունու դիմաց խոսաց աբեղան,
Որ, բարկությունից սաստիկ դողալով,
Աստծո անունով նզովեց նրան:
Եվ մեծ դարբասը լոտ մենաստանի
Ծանըր ճռնչաց ու լայն բացվեցավ,
Վանքից մի հոգի հեռու ավանի
Ճանապարհին ընկավ, օրը լուսացավ...

ՀԱՌԱՉԱՆՔ

ՆԱԽԵՐԳԱՆՔ

Լեռնե՛ր, ներշընչված դարձյալ ձեզանով,
Թրնդում է հոգիս աշխուժով լըցված,
Ու ջերմ ըղձերըս, բախտից հալածված,
Ձեզ մոտ են թռչում հախուռն երամով:

Ձե՛զ, ձեզ վերըստին, ամպամած լեռներ,
Կյանքի տըխրության ամպերի տակից
Ես ձայն եմ տալիս ու ծանրաթախիծ
Հոգուս ձայները ձեզ բերում նըվեր:

Քեզ մոտ եմ գալիս, իմ հի՜ն տրտմություն,
Վեհափառ դայակ մանուկ օրերիս,
Այնժամ էլ չէիր ինձ հանգիստ տալիս՝
Սըրտիս ականջին խոսելով թաքուն...

Ո՛վ, որ կանչում ես գիշեր ու ցերեկ
Հազար ցավերով, հազար ձևերով, –
Ոգևորության հըզոր թևերով
Քեզ մոտ եմ գալիս, հայրենի՛ք իմ հեզ:

Գալիս եմ, բայց ոչ ուրախ երգերով
Քո ծաղիկներին ծաղիկ ավելցնեմ,
Այլ դառն հեծության հառաչանքներով
Էդ անդընդախոր ձորերըդ լըցնեմ:

Ձորե՛ր, ա՜յ ձորեր, սև, լայնաբերան,
Սըրտիս էս խորունկ վերքերի նըման.
Աստծու հարվածի հետքերն եք դուք էլ,
Ձեզ մոտ եմ գալիս, ուզում եմ երգել:

Դուք էլ խոսեցե՛ք, դուք էլ պատմեցե՛ք
Ձեր անդունդներով եկեք չափվեցե՛ք,
Դուք է՞լ եք, տեսնեմ, էնքան մեծ ու խոր,
Ինչքան իմ հոգու թախիծն ահավոր...

ՀԱՏՎԱԾ I

Մի քանի տարի սրանից առաջ,
Երբ որ հայրենիք էի ես գնում,
Այն մրթին ձորում, ուր որ քաղցրավաչ
Մեղեդու ձայնով Դեբեդն է վազում,

Ժայռերի գլխին, ուր բազկատարած
Աղոթք են անում Հաղպատ – Սանահին,
Գիշերը հասավ, ու ես դադարած
«Ղոնաղ» մնացի ծեր այգեպանին:

Նա տրտնջալով ծերության ընդդեմ
Քըթթթում էր յուր ծառերի տակին.
«Բարի օր, պապի», ու խոժոռադեմ
Ծերը ետ նայեց ձեռքը ճակատին:

Մի կասկածավոր ու խիստ հայացքով
Զննելուց հետո հոնքերը կիտեց,
Սաստիկ սառնությամբ պատասխան տալով
Դեպի յուր դափեն ինձ առաջնորդեց:

Նրա ետևից անխոս գընացի,
Փընթփնթացնում էր նա իմ առաջին
«Մեր բանը պրծավ, երբ էս ձորերի
Մըտերը սրանք էլ եկան սովրեցին:

Սա էր մնացել, սա էլ անպատճառ
Մեր գլխին մի նոր կրակ է բերում,
Նոր դրած բեգյար, կամ իգուր մի շառ,
Թե չէ ինչ ունի էս խուլ ձորերում:

Եկած կըլինի, որ խաբար տանի,
Թե խելքը գլխին դեռ քանի գյուղ կա,
Ով յուր դռանը անասուն ունի,
Կամ որի կնգա աչքերում յուղ կա:

Կամ հին գերեզման քանդող կըլինի,
Կամ թե կըհամրի ծմակի ծառերը,
Կամ նրա համար, թե օրը քանի՞
Ձու են ածում մեր գյուղի հավերը...

Ո՞վ գիտի, հիմա ով վեր է կենում
Գլխին էս տեսակ գդակ է դնում...»
Լռեց ծերունին ծանըր տնքալով
Ու առաջ գնաց թին դիմհար տալով:

Իսկ երբ որ հասանք աղքատիկ դափին՝
Ինձ հըրավիրեց, և յուր ունեցած
Շորի կտորը փռեց իմ տակին,
Ինքը առաջիս մնաց լուռ կանգնած:

Ճերմակ գլուխը ապա բարձրացրեց,
Հոնքերի տակից ազդու նայելով,
Որոտող ձայնով այսպես հարցըրեց
Զգվանք ու զայրույթն հազիվ պահելով:

– Աղա՛, հարցնելը ամոթ չըլինի,
Հրամանքդ ի՞նչ մարդ ես, կամ ո՞րտեղից ուր...,
Եվ չըսպասելով մի պատասխանի՝
Ինքը շարունակ խոսեց կցկտուր.

– Ով էլ որ լինիս՝ բարով ես եկել,
Անփորձանք լինի քո ճանապարհը,
Աստված կյանք տա ձեզ, որ հարցնեք դուք էլ
Թե ինչ ցավ ունի խեղճ ռանչպարը:

Աղքատ մարդիկ ենք, մեր ձորերի մեջ
Անց ենք կացնում մեր սեւ – սեւ օրերը.
Թե որքան ենք զուրկ, որքան ենք մենք խեղճ,
էդ հաստատ գիտե ինքը – միայն տերը:

Բայց դու էլ խելոք մի մարդ ես գիտուն,
Քո բարի աչքով տեսնում ես էլի,
Տկլոր ու սոված էսպես տարին բուն
Քարի – հողի հետ կռիվ ենք տալի:

Թե որ ձոներս էլ մի բան է ընկնում,
Չենք կարողանում բերան հասցընենք...
էսքան տանջվելով քրտինք ենք անում,
էլ էն սներեսն, էլ էն սոված ենք...

– Ի՞նչիցն է, պապի, այսքան ճոխ երկրում,
Ինչպես ասում ես, դժվար եք ապրում,
Վարձատրություն չե՞ք ստանում հողից,
Թե՞ նեղություն է գալիս մի տեղից:

«Մեր նեղությունը...քեզ ինչպե՛ս հայտնեմ,
Թող հաստատ լինի մեր թագավորը.
Ես ընչի տեր եմ, խոսեմ նրա դեմ,
աստված կտրի մեր քաշած օրը...

Ի՞նչ անես, ախպե՛ր, ումի՞ց խռովես,
Պետք է համբերել, թե լավ թե օսալ...
Բայց դու ասացիր հրամանքդ ով ես,
Ուզում եմ քեզ հետ լիասիրտ խոսալ»:

– Ես քաղաքում կարդում եմ, պապի:
«Հա՛, տիրացու ես, բա ինչո՞ւ չասիր...»
Կանչեց ծերունին ու իրեն դափի
Դռնից հեռացավ, «մի քիչ սպասիր»:

ՀԱՏՎԱԾ II

Մըթնեց: Ծերունին լուռ չարչարանքով
Մի քանի կոճղեր դըրեց կըրակին,
Նորից բարևեց իր երկրի կարգով
Ու բարի մաղթեց ջահել ղոնաղին:
Ու նըստոտեցինք իրար դեմ ու դեմ
Սաստությամբ վառվող կրակի շուրջը,
Մեր առջև ձորն էր թըշշամ խավարչտին,
Մեր դեմը խաղում ձորերի շունչը:

Գիշերվան անքուն հավքերն են տըխուր
Ծըվում, ծըկլթում խավարի միջում,
«Որբն» է եղբորը կանչում ցավալուր,
Բուն է իր դաժան վայը կորնչում:

Ու ողջ միասին մի խորունկ թախիծ,
Մի մութ զարզանդ են գիշերին տալի...
Ահա տարածվեց հեռու ծըմակից
Եվ ձիգ ռոնգը սովատանջ գիլի:

***

Ծանըր տընքալով թեք ընկավ ծերը,
Երկար կոթավոր չիբուխը լըցրեց.
Գիշերվա նըման կիտած նոթերը
Խուլ որոտալով էսպես հարցըրեց.

– Ի՞նչ կա քաղաքում, դե՛ պատմիր տեսնեմ,
Իմանամ, ես էլ ուրիշին ասեմ.
Մեռնող – ապրողից, թանգ ու էժանից,
Կամ նոր դուրս եկած գազեթից, բանից...

Երեք թագավոր, ասում են, իբրև,
Խելքս չի կտրում, որ էսպես լինի,

Խորհուրդ են արել, որ այսուհետև
Իր թախտից զարկվի, ով կով անի:

Ո՞վ է իմացել էսպես հրաշք բան:
Էլ ի՜նչ թագավոր կամ էլ ի՞նչ իշխան,
Որ կռիվ չանի, ուրշին չըտիրի,
Մարդ չըկոտորի, երկիր չավերի...

– Է՜հ, աստված սիրես, թող դրանց, պապի,
Ես շատ եմ զըզվել քաղքից, գազեթից,
Ի՞նչպես եք ապրում, դու ձեզնից պատմի,
Ձեր օր ու կյանքից, ձեր ցավ ու դարդից:

– Ի՞նչ ես կորցըրել – ընչի ման գալի,
Խոսեց ծերունին դառը խնդալով,
Բա մեռած հո չենք, ապրում ենք, էլի,
Ամեն մեռնողի երանի տալով:

Մեր ապրուստն ի՞նչ է. – մի կտոր չոր հաց,
Էն էլ իրբեն հա՜ – երկընքից կախված:
Մի մարդ որ նըրա երեսը պւսհի՝
Նըրա ապրուստը ի՞նչ պետք է լինի...

Ես քեզ օրինակ: էս խոր ձորերում
Էս է չորս քսան տարիս լըրացավ,
Ոչ մի խնդություն տեսա իմ օրում,
Ոչ էլ մի անգամ աչքըս լիացավ:

Ամբողջ ամառը առանց տաքիլեթ
Պըտիտ եմ գալի էս ձորի միջին,
Կըռիվս եմ տալի հազար ցավի հետ
Ու չեմ կարենում – չեմ հասնում վերջին:

Վազներից էնքան օգուտ չի գալի,
Ինչ նրանց համար ես փող եմ տալի.

Գըլուխը քարը, զոնէ փող լիներ,
Էլ ինչո՞ւ էսքան մարդ գանգատ կաներ:

Ջախ եմ հավաքում, կրակ եմ վառում,
Սրա համար էլ փող եմ վըճարում
Էս դափեն ի՞նչ է – մի երկու լատան,
Հինգ ու վեց անգամ տարան դատաստան:

Ասում են՝ գեջ ես կտրել դու մերին:
Իրանցն ասում են ու քեզ չեն լսում,
Մինչև կտեսնես մեծին, պիսերին.
Հիմի տես նրանք ինչքան են ուզում:

Գողն էլ մի կըռնից, գելն էլ մյուս կըռնից,
Աչքըդ թեքեցիր – բանիդ տերը չես.
Քաշում են տանից, քաշում են դըռնից,
Ու չես իմանում որ կողմը թըռչես:

Թե Տանուտերին գանգատ եմ գնում,
Բան չեմ վաստակում բացի դուշմանից.
Գողերի հետքը իր տունն է տանում,
Համեցե՛ք դիվան ուզիր սըրանից:

Նստեցնում է քեզ մի երկու բաժակ
Տաք ջուր խմեցնում կամ մի թաս օղի.
– Դու գնա, պապի, միամիտ քընիր,
Ես աչքի լասը կըհանեմ գողի...

Դարձել է աշխարքն, ա՛խպեր, առ ու փախ,
Սերը դարձել սուր ու ջուրը – արին,
Ոչ ամոթ ունի ուժեղը, ոչ վախ,
Վայը եկել է տարել տըկարին:

Երեկ իրիկուն էդ կողքիդ սընից
Կախ էին արած երեք հըրացան.

Տղեք են՝ փախած տանից, դիվանից,
Եկան ու ծեքին էլ ետ հեռացան:

Ո՞վ է մեղավոր...Միտք եմ անում, միտք,
Ու չեմ հասկանում ով է մեղավոր։
Հենց էն եմ տեսնում – մութն, անգետ մարդիկ,
Էլ մենք ենք մեջտեղ տանջվում ամեն օր...

Մեր բանն էլ, ախպեր, էսպես է եկած,
Մենք լեզու չունենք – ուժեղը աստված։
Մեր հին ադաթից ընկել ենք, զըրկվել,
Նորն էլ չըգիտենք թե ինչ է եկել:

Էստեղ մեզ մոտիկ թավադներ ունենք,
Ամենքս, իմացիր, տասը տեր ունենք.
Փորներն ողողած, փոխկները թողած,
Կըռները կանթած՛ կըտերը կանգնած:

Մեկին մեր գյուղում մի թիզ հող ունի,
Թըքես մի ծերից մյուս ծերը կընկնի.
Ոչ ինքն է վարում, ոչ տալիս մեկին,
Բուռն է հավաքել գյուղացու հոգին:

Գնում է ուրշի ապրանքը տանում,
Թաքուն հավաքում իր հանդն է անում,
Աղմուկով քըշում իր հանդի միջից,
Շտրափ է առնաւմ անմեղ տիրոջից:

Պարում է ձմեռն հարսանիքներում,
Կամ մեծավորի թեփշի է լիզում,
Մինչև մի քանի շահի է ճարում,
Էն էլ տանում է լափում Թիփլիզում:

Մի օր սա եկավ, թե չոբան Չատին
Ոչխարը թաքուն իմ հանդն է քաշել.

Չատին էլ կուլ չի գընաց թավաղին –
– Թող գա մի տեսնենք – էդ ո՞վ է տեսել:

Աղաչանք արի, պաղատանք արի.
– Այ տղա, ասի, ետ քա՛շվի, հեռի՛,
Բեր ձեռը վեր կալ, անեծք չար բանին...
Բայց ի՞նչ հասկացնես բըռի չոբանին:

– Չէ՜ որ չէ՜, ասավ, էն լեռ սարի պես
Գընաց դիք կանգնեց գեղի մեյդանում,
Էս դատաստանը, էս թավաղն, էս ես,
Թող գա մի տեսնենք ինձ ինչ է անում:

Եկան իրարու, խոսք խոսքի հասավ,
Չատին մի քանի կոշտ խոսքեր ասավ.
Դե մարդիկ երբ որ կռիվ են անում,
Մեջտեղ փըլավ չեն իրար բաժանում:

Մեր տանուտերն էլ, աստված է օրհնել,
Էսպես մի բան էր պակաս նըրան էլ.
Մեկի պոչը միշտ մեկէլի տակին,
Եկավ տաքացած, ճիպոտը ձեռքին:

Եկավ էս Չատնիս հաչիցը կապեց,
Ինչքան որ գիտես՝ քո ասած թակեց,
Թե՝ պետք է կորցնեմ քեզ էնքան հեռու,
Որ էլ չըտեսնես արևը Լոռու:

Մեր մեջ մի քանի ծեր մարդ ընտրեցինք,
Գնացինք թավաղի ոտը խըրնդիրքով.
Ինչքան որ տվինք, ավել խըրնդրեցինք –
Բանը վերջացնի գեղական կարգով:

Ախպե՛ր, ասացինք, ի՞նչ արիք իրար,
Խոսք եք կռվացրել, արին հո չարիք –

Համ ծեծել տըվիր, համ ըշտրափըղ առ,
Արի վերջացրու, բոլ էյավ, հերիք:

Սա ոտը դրեց վերի թարեքին.
– Էսքան ու էսքան բերեք, որ ներենք...
– Էս է ունեցածն աստըծու տակին,
Էլ չըկա, ա՛խպեր, ո՞րտեղից բերենք:

Ինչ արինք՝ չարինք, չէկավ հավատի,
Գընաց ավելի բարձըր զանգատվեց,
Թե՝ ինքըս թավադ, թավադի որդի,
Ու չոբան Չատին ի՛նձ ուշունց տըվեց...

Վերևից մի մարդ եկավ քննություն,
Միրուքը հաչա, աստղը ճակատին,
Եկավ, վեր եկավ, մըտավ քյոխվի տուն,
– Ո՞րտեղ է, ասավ, էն չոբան Չատին...

Չատին էլ եկավ անճոռնի ու մեծ,
Էն փետի նըման մեջտեղը տընկվեց.
Ոչ օրենք գիտի, ոչ կարգն ու լեզուն,
Բերանը կապած սարի անասուն:

Քննությունն արին, բըռնեցին գյադին,
Թե՛ ի՞նչպես ուշունց կըտաս թավադին.
Բաց արին տեսան գըրած զակոնում,
Թե չոբան Չատին Միբիր է գընում:

Մեր մեջ մի քանի ծեր մարդ ընտրեցինք
Գնացինք թավադի ոտը խնդիրքով,
Ինչ ուզեց տըվինք, հետն էլ խընդրեցինք՝
Բանը վերջացնի գեղակա՛ն կարգով:

Ա՛խպեր, ասեցինք, ի՞նչ արիք իրար,
Խոսք եք կռվացրել, արին հո չարիք.

Համ ծեծել տըվիր, համ ուզածըդ առ,
Արի վերջացրու, բոլ էլավ, հերիք:

– Հո՛ գիտեք, ասավ, ես էլ խըղճի տեր,
Չեմ ուզում ընկնեմ արինն էդ տըղի,
Դըրա խիզանը մենակ էս գիշեր
Պետք է որ զըցի տեղը էս ադի...

Մարդը խիղճ ունի՝ էսպես է ասում.
Սըրանից ավել էլ ի՞նչ եք ուզում.
Բայց տըղամարդը, որ նամուս ունի,
Լավ է իմանում ինչ պատասխանի...

Էրեկ իրիկուն էդ կողքիդ սընից
Կախ էին արած երեք հըրացան:
Քանի՜ – քանի մարդ կորավ իր տանից,
Քանի՜ – քանի մարդ դառավ մարդասպան...

Ո՞վ է մեղավոր: Միտք եմ անում, միտք,
Ու չեմ հասկանում ով է մեղավոր.
Բայց իմ կարճ խելքով էնքանն եմ տեսնում –
Ապրիլ չի լինիլ էսպես ամեն օր:

Մինը իր կամքին՝ ինչ ասես՝ անի,
Մյուսը խոսելու իրավունք չունի.
Ես չասեմ, դու հո կարդացող Մարդ ես,
Էն ո՞ր աստվածն է կարգ դըրել էսպես...

Երկուսն էլ հայ են, ունեն մի հավատ,
Էլ ընչի մուժիկ, կամ էլ ի՞նչ թավադ.
Նրա արինը կարմի՞ր է մերից,
Թե՞ ավել հունար դուրս կըգա ձեռից:

Թե չէ՝ թավադ ես՝ ինչ ուզես անես,
Ես չըկարենամ քեզ մի խոսք ասե՞լ...

Է՜հ, մի՛ խոսեցնի, աստված կըսիրես,
Թե չէ մի ղաշաղ կըդառնամ ես էլ...

Լըռեց ծերունին։ Իրար դեմ ու դեմ
Թիկնած էինք թեժ կըրակի շուրջը,
Մեր առջե ձորն էր թըշշում խավարչտին,
Մեր դեմը խաղում գիշերվան շունչը։

ԴԵՊԻ ԱՆՀՈՒՆԸ

I

Հրնչում էր փըրփրան վըտակն արծաթի,
Արևը խաղում պայծառ կապույտում...
Առանց հոգսերի ու առանց վըշտի
Խաղում էինք մենք էն երազ հովտում,
Ու թըռնդում էր հեշտ ծիծաղն ինձ ծաղրող.
– Չե՛ս կարող, չէ՛, չե՛ս կարող...

Չէի կարենում բըռնել ես նըրան:
Ճերմակին տալով՝ ծառերի ետև
Ծածկըվում էր նա աչքես անգումաn,
Կըրկին հայտնըվում ճապուկ ու թեթև,
Ու թըռնդում էր միշտ ծիծաղը ծաղրող.
– Չե՛ս կարող, չէ՛, չե՛ս կարող...
Մին էլ ես ճարպիկ մի շարժում արի,
Բըռնեցի նըրան: Հանկարծ նա ճըչաց,
Ձեռքումըս դառավ ճերմակ աղավնի,
Ու թևին արավ, ու թըռա՛վ, գընա՛ց.
Գընա՛ց ճախրելով էն երազ հովտում,
Սուզվեց, չըքացավ պայծառ կապույտում...

II

Վեր թըռա քընից, դուրսը նայեցի.
Արևը ուրախ զարկել էր սարին,
Բընությունն անհոգ, թարմ ու նազելի
Զուգվում էր, ժըպտում մանուկ արևին:
Գիշերն անցել էր. բայց իր ետևից
Մըռայլ էր թողել դեռ ցած՝ հովիտում:
Էպես տակավին անցած երազից
Խավար մի բան կար նըստած իմ սըրտում:

Թեկուզ երազին չես էլ հավատում,
Բայց օտար տեղում, քո տանից հեռու,
Սիրտըդ մի համառ կասկած է մըտնում,
Թե՝ մի մահագույժ սև բոթ է գալու...
Հասմիկն երազում աղավնի դառավ,
Աղավնի դառավ՝ իմ ձեռքից թըռավ...
Լոկ երա՞զ էր այս: Բայց երազն ի՛նչ է:
Երազ, թե իրոք – այդ միթե մի՞ն չէ,
Երազն էլ երբ որ կարող է կանչել՝,
Կարող է հուզել, խըղճահացնել, տանջել...
Հասմիկն ապրում էր – Հասմիկը մեռավ.
Երազը եկավ – երազը թըռավ...
Կյանքը երազ է, երազն էլ մի կյանք,
Երկուսն էլ անցվոր, երկուսն էլ պատրանք:
Եվ թե հաստատուն մի բան կա անմահ,
Արդյոք իմաստուն հոգին չի՞ միայն նա,
Որ թե հարթըմնի և թե երազում
Ապրում է, տեսնում, ըզգում ու հուզվում...
Ու...գիր է գալիս ահա իմ տանից,
Թե՝ կինըս հիվանդ – ըսպասում է ինձ...

III

Տո՛ւն, տո՛ւն, դեպի տան
Թըռչում եմ արթուն,
Ինչպես երազում:
Շուրջըս ամեն բան
Աշտապ, ինձ նըման,
Անցնում է, վազում:

Շըշմւած գըլխիս մեջ
Գալիս են անվերջ
Ու ճընշում իրար
Զանազան դեպքեր,

Հուշեր ու մրտքեր,
Պայծառ ու խավար...

Տեսնում եմ նրան՝
Կանգնած է գարնան
Շողերի միջին,
Ու ժըպտում է ինձ
Իր պատուհանից՝
Ծաղիկը լանջին...

Տեսնում եմ մեռած,
Ծաղկով զարդարած,
Դըրած դագաղում.
Տըխրալի մի օր,
Արտասուք, սըգվոր,
Սներ ու թաղում...

Տո՜ւն, տո՜ւն, դեպի տուն.
Ու մյոա իրիկուն
Մեր տան դեմ եկա:
Մի սև – սև զանգված՝
Կուտակված, կանգնած
Մեր դըռանն ահա...

Պըտույտ է գալիս
Աշխարքը գըլխիս,
Երկի՛նքը մըթնում...
Ողջ կանգնած են լուռ,
Ու ներսից տըխուր
Ձայներ են թընդում...

IV

«Հասմի՛կ ջա՛ն, եկա՛վ...դե վեր կա՛ց...վեր կա՛ց...»
Դուրս հոսեց դեմըս տըրտում ու հոգնած

Նրա մոր ողբը… խունկի ծըխի տակ
Աչքովըս ընկավ դագաղը ճերմակ,
Ու շուրջըս մըթնեց։ Տեղըս կորցրի…
Մարդից, արևից, աշխարքից հեռի,
Մի անտակ ձորում, սև՜ ու խոր ջըրում
Տարվում էի ես, խեղդվում, չարչարվում.
Բարձր էին ափերն, ողորկ ու դըժար,
Մի թուփ չըկար գեթ բռնելու համար,
Չըկար կենդանի ձե՜ն, ըստվե՜ր, նըշա՜ն,
Որ կարենայի կանչել օգնության…

V

Հա՛, հա՛, հա՛, հա՛, հա՛, զըվարթ քըրքիջով
Մի ծիծաղ անցավ փողոցի միջով:
Ես ուշքի եկա, աչքըս բաց արի,
Տեսա աշխարքը ու լույսն արևի,
Տեսա՝ նըստոտած մարդիկ շըշընջում,
Անտարբեր թեքված՝ իրար ականջում
Խոսում են ուրիշ բաների վըրա,
Ու ոմանք ժըպտո՜ւմ, ժըպտում աշկարա…
Իսկ կողքիս նըստած ալևոր մի մարդ
Խրատում էր ինձ միալար, հանդարտ.
– Մի՛ լար, սիրելի՛ս, երեխա չես դու,
Ինչքան էլ որ լաս – իզուր ես լալու.
Քո ձենը երբեք էլ չի լըսիլ նա,
Ոչ կըհասկանա, ոչ էլ ետ կըգա:
էսպես կամեցավ աստված, երևի,
Որ նըրա օրը շուտով խավարի…
Մենք հողեղեններս՝ անճար ու չընչին,
Ի՞նչ ենք աստուծո կամքի առաջին…
Բաց է էս ճամփեն ամենքիս համար.
Ծեր, երիտասարդ, մեղավոր, արդար, –
Ամե՛նք, ամենքը, էստեղ ինչ որ կան,
էսօր թե էգուց ամենքը կերթան.

Ով որ կըմընա,
Թող նա պարծենա:

VI

Ես լըսում էի...Ու հանկարծ ես էլ
Ուզեցի հաշտվել հըզոր մահի հետ.
Անճար, ակամա սկսա մըտածել,
Թե մահը լավ է, միայն մենք՝ տգետ,
Մենք խեղճ, կարճամիտ, ու չենք հասկանում՝
Ինչպես է գալիս և ուր է տանում,
Թե՝ և՛ կյանք, և՛ մահ – անցավոր, ունայն
Մի մեծ հավերժի ձևերն են միայն,
Ինչպես որ ահա «երեկն» ու «էսօր»:
էսօրն ինչ է որ, – մի երեկ է նոր,
էսօրն էլ կանցնի, երեկ կըդառնա,
Եվ սակայն կըրկին միևնույն է նա:
Եվ էսպես անվերջ էսօր ու երեկ
Փոփոխվում են միայն, միշտ մընում է մեկ –
Մեկ մեծ ժամանակ: էսպես էլ հոգին
Փոփոխում է միայն կեղևն արտաքին –
Մարմինն՝ էսօրվան օրին նըմանակ,
Իսկ ինքը անվերջ, ինչպես ժամանակ:
Կամ ևս սիր՛ուն, – հոսանուտ մ՛ի գետ,
Որ հազար ալիք ու ծըփանք ունի.
Գալիս են ալիք, անցնում են անհետ,
Անցնում են դեպի անդունդն օվկիանի,
Ուր ամեն ալիք, ուր ամեն մի կաթ
Ապրում է դարձյալ անվերջ, անընդհատ...
էսպես փոխվելով հոսում է, գընում,
Գընո՛ւմ անհունի անճառ սահմանում,
Դեպի զերազանց վիճակն երջանիկ,
Ակն երջանկության, սիրո հայրենիք,
Ուր չըկան մարդիկ և ոչ ըզզացում,
Ուր ողջին մի մեծ կյանք է միացնում...

Եվ ի՜նչ է սիրո իմաստը վերին,
Ի՜նչ երջանկության խորհուրդը խորին, –
Հալվե՜լ, միանա՜լ,
Իրեն մոռանալ...

Եվ անշուշտ մի օր, հանդերձյալ կյանքում,
Երկրում թե այլուր, վերն՝ երկընքում,
Էն անհայտ ճամփով, որով նա գընաց,
Ես էլ կըթըռչեմ՝ աշխարքը թողած,
Ու կըզգամ նըրան, կապրեմ նըրա հետ
Մի ուրիշ անվե՜րջ կյանքով երկնավետ...

VII

Բայց ես միշտ թաքուն մի հույս ունեի,
Թե կարող էր նա լինել...կենդանի...
Մի տեղ մի անգամ էդպես է եղել.
Տարել են մեկին, ուզել են թաղել,
Շիրմի փոսի մեջ զարթնել է հանկարծ,
Կարող էր և մեզ լինել պատահած...

VIII

– Ո՜չ, ո՜չ, նա գընաց, էլ ետ չի գալու,
Եվ էդպես դու միշտ մեղք ես մընալու:
Թեկուզ և հազնես երկաթի տըրեխ,
Փընտրես՝ կանչելով աշխարհ բովանդակ.
Էլ չես հանդիպիլ նըրան ոչ մի տեղ,
Ոչ մի աշխարքում, ոչ մի ժամանակ....
Էն պաղ դիակն էլ, որ տեսնում ես դեռ,
Էն էլ հողի տակ կըծածկեն հիմա,
Կըզգա՜ն, կըզգնա՜ն տարիքն անտարբեր,
Ու նա կըփըտի, նա հող կըդառնա.
Անունն էլ ապրող աշխարքի համար
Դատարկ մի հնչյուն, անխորհուրդ մի բառ...

Էն էլ կըկորչի, ինչպես որ չըկա
Անու՛նն ու հե՛տքը էն հին աշըրկա,
Որ ձեզնից առաջ հազար տարիներ
Նույնպես սիրահար ու ժըպիտ ուներ:
Եվ ի՛նչ է մարդը, և ի՛նչ իրեն կյանք. –
Եղծական ձևեր, ձայներ, շարժումներ:
Հավերժականը չունի կերպարանք,
Նա լուռ է, անշարժ, հաստատ, աներեր...
Անողոք մի ձեն էսպես ինձ կանչում,
Տանջում էր հոգիս, խորտակում, ճընշում:
Ճիգ էի անում նըրան լըռեցնել,
Սիրտըս էլ հետը պոկել, հեռացնել
Ու գըտնել մի ձեն, մի հընչյուն, մի բառ,
Որ կյանքի, հույսի նըշույլ ունենար...
Ուզեցի «աստվա՛ծ» մին աղաղակել,
Բայց չէ՞ որ նա էր էն մահն ուղարկել:

IX

Մի անհուն ցավի մըրմուռի նըման
Ծավալվում էին զանգերը,
Ու ժամի ծըխոտ կամարերի տակ
Կանգնած էր արդեն տըխուր պատարագ,
Տըխուր պատարագ, տըխուր մեղեդիք,
Տըխուր աղոթքներ ու տըխուր մարդիկ,
Մնջտեղը ճերմակ դագաղը նըրա
Դըրած սևասքող սեղանի վըրա,
Ու նա դագաղում, ասես թե քընած,
Հարսնական ճերմակ շորով պճնըված,
Անփո՛յթ, անզգա՛ կյանքին ու մահվան,
Իր դագաղն ածած վարդերի նըման...
Էստեղ՝ բոնըված մի նոր տագնապով՝
Ուզեցի գըտնեմ մըտքի մի թափով,
Թե ի՛նչ էր արդյոք, էն ի՛նչ էր լինում,

Ի՜նչ էր պատահել, նա ո՜ւր էր գընում…
Եվ իսկույն, ասես, դիպա մի քարի:
Մըտքերըս հատան: Առանց մըտքերի
Կանգնած էի ես խորտակված ու պաղ:
Լուռ էր: Հզոր երգերը մենակ
Ծավալվում էին վըսեմ ու խաղաղ:
Ես լըսում էի, լըսո՜ւմ շարունակ:

«Այս անցավոր երկրի վըրա
Լըցան օրերն պանդըխտության,
Երկնասըլաց գըն՜ում է նա,
Հագած մարմին անապական,
Անմահացա՜ծ մահկանացուն՝
Միանալու իր աստըծուն:
Այնտե՜ղ, Վերին Երուսաղեմ,
Օթևանում հըրեշտակաց,
Ուր որ Ենովք ու Եղիաս,
Աղավնակերպ կան ծերացած,
Այն աշխարհո՜ւմ անտըխրական
Արդարքն ապրում են հավիտյան:

Յոթնաստեղյան լույս խորանում,
Ուր ցավ չըկա, ոչ հեծություն,
Ընտրյալ հոգիքն ուրախանում,
Խայտում են միշտ անվե՜րջ, անքտ՜ւն
Բերկրանքներով հարազըվարճ,
Աստծո զըվարթ աչքի առաջ:

Այնտեղ նըրանք, միշտ բախտավոր,
Նայում են Հոր լույս երեսին,
Նըրա առջև պաղատավոր
Նըրանց համար, որ թողեցին.
Ու իջնում են, մըխիթարում
Մեզ տըրտմալի այս աշխարհում…»

Թռված, կախարդված, տարված էն երգին,
Վերացավ, թըռավ իմ վշտոտ հոգին
Դեպի երջանիկ մի ուրիշ աշխարհ,
Անհայտ ու հեռու, անծանո՜թ է օտա՛ր...
Եվ էն աշխարհը հըրաշալի՜ էր.
Ոչ սուգ կար էնտեղ, ոչ վայելք, ոչ սեր,
Ոչ կարելի էր կորցընել մի բան
Եվ ոչ ունենալ քաղց ազահության.
Ինչպես գերեզման և ունայնություն՝
Լուռ էր ու դատարկ, անփառք ու անհուն.
Ինչպես հայացքը մեռելի աչքի՝
Մի միտք ուներ միշտ առանց հուզմունքի,
Հողեղեն մարդաց անհայտ խորհըրդով
Հավիտյան սառած, խաղա՛ղ, անվրդով...
Ու անշարժ կանգնած, դալուկ ու լռիկ,
Ըստվերնե՞ր էին, անմարմին մարդիկ,
Տըժգույն, անարև, աղոտ լուսի մեջ
Աղոթում էին անձայն ու անվերջ,
Աղոթքն էլ սակայն ոչինչ չէր խընդրում.
Ո՛չ ազատություն, ո՛չ մահ, ո՛չ խընդում...

X

Հանկարծ լըռությունն ինձ ուշքի բերավ,
Աչքիս առջևից հըրաշքը թըռավ:
Պատարագն արդեն վերջացրել էին:
Դագաղը շարժվեց, թընդաց ահագին
Սասանիչ երգը մահվան սարսափի,
Էն լացն ու կոծը, օրհներգը մահի,
Որով մեռելին հրաժեշտ են տալիս
Դեպի գերեզման ճամփու դընելիս,
Երբ ծառս է լինում վիշտը մայրական
Դեպ| գահն արարչի – ըղըրկողը մահվան,
Արձակում ցասկոտ իր ճիչը ետին
Ու թույլ, հուսահատ ընկնում է գետին:

XI

Դուրս եկանք դուրը: Նայեցի վերև:
Վերևն, ինչպես միշտ, փայլում էր արև.
Բոլորն աշխարքում կարգին ու հանդարտ,
Ու ինչպես երեկ՝ էնպես ամեն մարդ...
Բայց երկինքն էնքա՜ն պայծառ, էր այնօր,
Եւ| պայծառությունն էնքա՜ն էր տըրտում,
Տըրտմությունն էնքան խոր, հանդիսավոր,
Որ թրվում էր ինձ, թե ջինջ կապույտում՝
Վերջին հըրաժեշտ տալով աշխարհիքին՝
Ճախրում էր նըրա հեռացող հոգին...
Ու մըտքովս անցավ հանկարծ ակամա,
Թե արդյոք նըրա աչքերը անմահ
Նայո՞ւմ են ներքև, տեսնո՞ւմ են ինձ էլ,
Թե ո՜նց եմ ցավիս տակին կորացել...
Եվ կամ ո՞րն է նա. էն շո՞ղն է պայծառ,
Որ զըվարթ խաղով, աշխույժ ու կայտառ
Կորչում է, մըտնում թուխպ ամպի ետև,
Ազատ, երկնաշու էն ա՞մպն է թեթև,
Թե՞ էն աղավնին, որ հիմա թըռավ,
Անփույթ ճախրելով՝ ջինջ օդում կորավ...

XII

Հանդո՜ւզըն մտքեր, ո՞ւր եք սըլանում,
Ի՞նչ եք որոնում էն մութ սահմանում:
Ահա մեր կյանքի սահմանը վերջին,
Էս սև ու տըխուր թումբերը չընչին...
Լո՜ւռ գերեզմաններ. քանի՜ սըգավոր
Ձեր եզերքներին կանգնել են մի օր,
Էս դատարկ կյանքին, անհաստատ բախտին
Անեծքներ տալով բեկվել, հեռացել,
Երբ որ սիրածի դագաղը մըթին
Վիհ են իջեցրել ու դեմքը ծածկել...

Եվ որքա՛ն ըղձեր, սըրտեր ու զգացմունք
Թաղված են, մարած ձեր լուռ փոսերում.
Ահա և մի նոր բարձրացրած սև թումբ,
Դեռ թաց է հողը, դեռ խունկ է բուրում,
Իսկ մենք ուզում ենք ուրիշին թաղել,
Որ ապրում էր դեռ երկու օր առաջ...
Եվ անշուշտ մի օր սրրա շիրիմն էլ
Կըծածկի նույնպես մամուռը կանաչ,
Կանի հավասար քարին ու հողին,
Ինչպես դըրացու անկողինը հին:
Նըրանից հետո դե՛ եկ՝ իմացի՛ր,
Թե ո՛վ է թաղված քո ոտի տակին,
Ի՛նչ ցեղից էր նա, ի՛նչ ձիրքեր ուներ,
Անահ հերո՞ս էր, գեղանի մի կի՞ն,
Անհոգ մի ջահե՞լ, անկըշտում ագա՞հ,
Աղքա՞տ, թե հարո՞ւստ. – ձե՛ն, նըշան չըկա...

XIII

Եվ...իջնում էր նա ընդմիշտ իմ աչքից,
Կյանքից, արևից, էս լուս աշխարհքից...
Կորացա, վերջին համբույրըս տըվի,
Ու էն համբույրով դագաղում դըրի
Խըընդում, սեր, ըղձեր, ամե՛ն, ամեն բան...
Ինձ ետ քաշեցին, մի կողմը տարան:
Իսկույն հետևեց խուլ գըրգըռոցը,
Քարով ու հողով լըցրին էն փոսը,
Դագաղն էլ, ինքն էլ ծածկվեցին հանկարծ,
Ասես թե բընավ աշխարհ չէր եկած,
Եվ այսուհետև երբե՛ք, հավիտյան
էլ չէր տեսնելու արևը նըրան...
Հուղարկներն այնժամ մոտ եկան մի – մի.
– Է՛հ. աստված նըրա հոգուն ողորմի.
Մի օր էլ մենք ենք էսպես գընալու,
Կյանքն էլ է դատարկ, մարդն էլ է դատարկ,

Ո՜վ է աշխարքիս վըրա մընալու.
Անցավոր են ողջ – բախտ, վայելք ու փառք...
Ասացին՝ հանգիստ հոգոց հանելով,
Ու դարձյալ հանգիստ զըրույց անելով
Գընացին իրենց տըները անհոգ:
Շուրջըս նայեցի, չէր լալիս ոչ ոք.
Երկինքն էլ էնպես պայծա՜ռ ու հանդարտ...
Եվ ինչպես երեկ, էնպես ամեն մարդ...

XIV

Եկավ գիշերը: Իմ հոգնած հոգուն
Իջավ տանջալի մի խաղաղություն:
Վայր ընկա, ինչպես ուժաթափ մի բան,
Որ զգում է միայն կարոտ հանգըստյան,
Բայց ճըզնում է դեռ, աշխատում ունայն,
Ուզում է հիշել, թե ի՜նչ բան էր այն.
Մի խառըն երա՞զ էր, մի աշխա՞րք ուրիշ,
Գինու մի քե՞ֆ էր, ծաղը՞ր, թե՞ պատիժ...

Մըրափը սակայն ծանըր ու դանդաղ
Չոքեց ինձ վըրա՝ սև թևերը կախ,
Միտքըս իր թելը կըտրեց ու թըռավ,
Անհուն, խավարչտին քաոսում կորավ.
Մահ, մեռել, շիրիմ – թեթև հեռացան,
Ու հեռանալով՝ փոխվեցին, դարձան
Ամպեր, ըստվերներ, կետեր երերուն,
Դողացին, հանգան, ու մըթնեց հեռուն...
Կարճատև մի քուն եկավ ինձ վըրա,
Եվ ես մյուս անգամ երազում տեսա.

XV

Հընչում էր փըրփրուն վըտակն արծաթի,
Արևը խաղում պայծառ կապույտում.

Առանց կորուստի ու առանց վըշտի
Կանգնած էի ես էն երազ հովտում:

Շուրջըս շուշաններ, անվե՛րջ շուշաններ,
Լիքն էր անտառը անուշ բուրմունքով,
Եվ եդեմական ներդաշնակ ձայն՛եր
Փառք էին տալի թովչական երգով.

«Փա՛ռք անպատում մըխիթարչին,
Փա՛ռք խորհուրդին անմահության.
Նա է կըրում հույսը վերջին
Ու շողն անշեջ, արարչական.
Փա՛ռք խորհուրդին անմահության:

Նա զընում է բարձր ու անվերջ
Դեպի անհունն ու հավիտյան,
Վիշտը հանգչում է նըրա մեջ,
Ապրում սերը անապական.
Փա՛ռք խորհուրդին անմահության...»

Ու լսում եմ ես էն խաղաղ օդում
Քընքույշ ու զըվարթ ձայնը սիրելի,
Անհայտ ու անտես կանչում է նա ինձ,
Կանչում գերազանց մի ուրիշ կյանքի.

«Արի՛ ինձ հետ, իմ թըշվա՛ռ,
Ես քեզ տանեմ մի աշխարհ,
Ուր չըկա մահ, անջատում,
Ու սերն անվե՛րջ, անհատնո՛ւմ...

Արի՛ թըռի՛ր զընա՛նք ինձ հետ,
Անցա՛վ, անհո՛գ, անհո՛ւշ, անհե՛տ...»:

ՊՈԵՏՆ ՈՒ ՄՈՒՍԱՆ

Նըստած եմ մի օր ու միտք եմ անում.
Միտք եմ անում, մի՛տք, ու չեմ կարենում
Մի հընար գըտնեմ՝ ցավերըս հոգամ...
վեր կենամ, ասի, մեկի մոտ գընամ,
Կըրկին պարտք անեմ, գըլուխը քարը,
Մինչև որ տեսնենք ինչ կըլնի ճարը:
– Ողջո՜ւյն Պառնասի գըլխից սըրբազան...
Ետ նայեմ տեսնեմ՝ իմ ծանոթ Մուսան:
– Վե՛ր կաց, բանաստե՛ղծ, կանչում է էսպես,
Վե՛ր կաց, ներշընչվի՛ր, դուրս արի հանդես,
Տանջվում են ահա եղբարքըդ թըշվառ,
Հեծում, հալածվում աշխարհից աշխարհ:
Երկինք են հասել արցո՛ւնք ու արյուն...
Ահա՝ քեզ համար բե՛րել եմ ավյուն,
Հույս տուր վըհատին, ըսփոփիր որբին,
Ուժ տուր պանդըխտին իր երկար ճամփին:
Նայի՛ր՝ աշխարհը ի՜նչպես ծաղկել է,
Աչքերի մըթնից պայծառ ծագել է
Կյանքի արևը ու սիրտ է հուզում,
Անձնըվեր սիրո երգեր է ուզում...
Ուրախ ու անհոգ գարունն էլ ահա
Բազմել է կանաչ սարերի վըրա,
Ջրերը լըցվել, փըռվել հովիտում.
Հավքերն երգում են, ծաղկունքը փըթթում...
Դու էլ ըսթափվի՛ր, երգիր քեզ նըման,
Ողջունի՛ր շքեղ գալուստը գարնան:
– Հերիք է, Մուսա՜, երկինքը վըկա,
էլ համբերելու սիրտ ու տեղ չըկա.
Էնպե՛ս կանեմ քեզ, որ դու մոռանաս
Արյուն ու գարուն, պոետ ու Պառնաս:
Անիծված լինին էն օրն ու տարի՛ն,

Որ գերի դառա ես քո քընարին.
Քեզ հետ մըտերիմ դառնալու օրից
Զըրկված մընացի կյանքում բոլորից...
– Էն տաղա՞նդը, էն ձի՞րքն հապա,
Որ տըվել եմ...
– Ա՜յ խաբեբա,
Ահա ես էլ էդ եմ լալիս.
Ինչո՞ւ էս ձիրքն էիր տալիս:
Չըգիտե՞իր միթե այնժամ,
Թե ինչ աշխարք պիտի ես գամ:
Թող լինեի մի կեղեքող,
Հավաքեի միշտ փող ու փող.
Առաջ թեև «գազան» ու «ցեց»,
Կըդառնայի շուտով ես մեծ,
Վեհ բարե՛րար
Ազգի համար.
Մեռած օրս էլ պըսակ տային.
«Իր որբ ազգից – միակ հային»:
Կամ թե տերտեր լինեի թող,
Խաչը վըզիս մեռել թաղող,
Սուփրի վերև միշտ նըստեի,
Իմ ապրուստը դըրըստեի.
Ազգն էլ աչքը տընկեր վըրաս.
– Իմ փըրկողը դու ես, որ կա՛ս:
Ահա էսպես բան լիներ մարդ,
Գընար ապրեր լի ու հանդարտ:
Կամ սընգուրված մի ճոխ հիմար,
Որ ապրում է լոկ իր համար,
Ուտում – քընում, ելնում – ուտում,
Լի՜, գո՜հ, ինչպես աղբակույտում
Հանգիստ ապրող որդը պարարտ:
Կըլինեի հարգի մի մարդ,
Նույնիսկ եթե գըլուխըս այնժամ
Դատարկ լիներ հազար անգամ,

Քան թե հիմա իմ գըրպանը:
Ահա կյանքում ես է բանը.
Թե չէ՝ լինել ի ծնե գերի
Մերկ Մուսայի ու երգերի,
Որդիք ու կին
Թողած բախտին,
Մերժավորի ծաղր ու ծանակ,
Ուժից ընկել անժամանակ –
Թե պոետ եմ...օ՜, ո՛չ, Մուսա՛,
Մի անարդար պատիժ է սա:
Եվ ինձ մոտիկ Փորձված մարդիկ
Դեռ շատ վաղուց նըկատեցին,
Կըռիվ արին, խըրատեցին,
Թե աշխարքին մըտիկ արա.
Շատն էլ խընդաց խելքիս վըրա...
Իսկ ես, ա՜խ, ես,
Միշտ խենթ էսպես,
Գիշեր – ցերեկ թերթում գըրքեր,
Շինում էի դատարկ երգեր,
Միշտ քո քամով էի թըռչում,
Ու միշտ բախտից հեռու փախչում:
– Ա՜յ ապերախտ, ի՞նչ ես ասում,
էն ո՞ր բախտն ես դու ափսոսում,
Որ չեմ տըվել քեզ իմ ձեռքով.
Աստվածային հըզոր ձիրքով
էս ցած կյանքից հեշտ ու անթև
Թըռչել երկինք, վերև՜, վերև՜,
Ցավեր, հոգսեր ողջ մոռանալ,
Դըժոխք իջնել, դըրախտ գընալ,
Անհուն ըզգալ, թովիչ երգել...
Ո՞ր բախտից եմ ես քեզ զըրկել:
– Օ՜, ո՛ր բախտից...ա՜յ սներե՛ս,
Ահա շարեմ, հիշիր ու տե՛ս:
Ինձ մի անգամ առան – տարան

Հաշվապահի ուսումնարան,
Շատ խոսեցին,
Համոզեցին,
Թե կավարտես էս դպրոցում,
Անեստատը հետո ծոցում,
Ուր որ գընաս,
Տեղ կունենաս,
Լա՛վ փողով տեղ բուղզալտերի.
Խազեյինդ էլ տարեցտարի
Միշտ կավելցնի քո ռոճիկը,
Վերջը վըրան և...աղջիկը:
Բայց դու եկար միտքըս մըտար,
Ինձ չըթողիր տեղըս դադար.
Դավթարն աչքիս դարձավ դաժան,
Թիվ, կոտորակ, թըվանշան
Ուղեղիս մեջ դարձա՛ն որդեր,
Քիչ էր մընում սիրտըս պայթեր.
Ես էլ խըրտնած, խենթ երեխա՝
Փող ու աղջիկ թողի, փախա,
Թե չեմ կարող, ես չեմ կարող,
Ես գըրող եմ, գըրո՛ղ, գըրո՛ղ:
Սակայն էլի բախտըս ժըպտաց,
Ձեռըս բըռնեց տարավ հանկարծ
Ու պիսերի տըվավ պաշտոն:
Ո՛չ լի օր կար ինձ և ոչ սոն:
Մեծավորըս էնքան սիրեց,
Հին գըրչակոթն ինձ նըվիրեց.
Ընկերներս էլ ինձ դաս տըվին –
Ոնց պըլոկել խընդրատըվին:
Բայց դու էլի եկար գըտար,
Խաղաղ գործիս մեջըլ մըտար.
Ես էլ հիմարս՝ իսկույնևեթ
Վեճ բաց արի ամենքի հետ,
Թե ի՞նչ բան է՝ խեղճ գյուղացուն

Գերի շինել՝ ողջ տարին բուն
Տանել, բերել ու թալանել,
Այրու պղինձն աճուրդ անել...
էս բոլորը քիչ էր կարծես,
էնքաւն արիր, սատանի պես,
Որ զըրեցի մեծիս պարսավ.
Նա էլ – կո՛րի, կո՛րի, ասավ,
Մենք ենք տալի քեզ փող ու վարձ,
Դու, Մուսայի խելքով ընկած,
Վեր ես կենում մեր դեմ խոսում.
էդպես պիսեր մենք չենք ուզում:
Սակայն աստված մեծ է գութով.
Հայտնի կանտոր ընկա շուտով:
Լավ էր, ասի, այսուհետև
Կապրեմ ազատ, գործըս թեթև:
Հետըս եկար, մըտար կանտոր,
Գործերս արիր խառնուփընթոր.
Քու երեսից հենց նույն տարին
Իմ պաշտոնից ինձ դուրս արին:
էսպես եղա ես խայտառակ,
Համ էլ ընկա պարտքերի տակ.
(Հո պետի պարտքն էլ գիտես,
էդ լոկ պարտք չի ուրիշի պես,
Այլ ազգային մի մեծ առակ,
վեճ ու վըճիռ ծանր ու բարակ):
Ո՞ր մեկն ասեմ, ո՞րը թողնեմ.
Երբ որ տեսան շընորհք չունեմ,
Այնուհետև քանի անգամ
Ծա՛նոթ, ընկեր, լավ բարեկամ՝
Տերտերության տըվին խորհուրդ.
– Ա՛յ քեզ մեծ ժամ, լավ ժողովուրդ,
Փարթամ քելեխ, հարգ, մեծարանք,
Հարստություն, հանգիստ, հեշտ կյանք.
Իսկ ես՝ անփորձ, անխելք, հիմար,

Ողջ մերժեցի լոկ քեզ համար.
Պատրաստ կյանքից, բախտից փախած,
Գանձանակի թեփշին թողած,
Քընարն առա,
Պոետ դառա,
Երգ ու տաղով մըտա հանդես,
– Հե՜յ, Մուսայի ընկերն եմ ես,
Չեն տըվի ես ոգնորված:
– Հա՜, հա՜, հա՜, հա՜, բիրտ հըռհըռաց
Ժողովուրդը միաբերան,
Թըռցրել է խելքն էս խեղճ տըղան:
Հեռո՜ւ կորի, խե՜նթ պատանի,
Որ ա՜նպիտան գործի, բանի,
Ուշք ու միտքըդ տըվել երգին՝
Մի չես նայում էս աշխարքին...
Մենք մարդիկ ենք – գործ ենք անում,
Խենթ – մենթ բաներ չենք հասկանում:
Ես գոչեցի. – խավա՜ր ամբոխ,
Պաշտում ես դու լոկ փայլ ու փող,
Չես հասկանում դու պոետին.
Ե՜ս, երկընքի քընքույշ որդին,
Երգում եմ սե՜ր, ճըշմարտաթյո՜ւն...
Ու գընացի խըմբագրատուն:
– Տեր խըմբագիր, պոետ եմ նոր,
Բերել եմ ձեզ ոտանավոր.
Ահա կարդամ ակա՞ջ դըրեք,
Ձեր հանդիսում տեղավորեք:

«Սևորա՜կ աչքեր, սևորա՜կ աչքեր,
Հալածում եք ինձ դուք օր ու գիշեր,
Նայում եք անթարթ իմ հոգու խորքում...
Ինչո՞ւ չեք քընում, ինչո՞ւ չեք փակվում.
Բանաստեղծն արդեն տանջանքից հոգնել՝
Ուզում է քընել, հավիտյա՜ն քընել...

Դուք էլ քընեցեք, սնորա՜կ աչքեր,
Ցերեկս անցել է, գիշեր է, գիշեր...»
– Ոչինչ, կոկիկ է: Խոսելով անկեղծ՝
Դուք վատ չեք գրրում, պա՛րոն բանաստեղծ.
Ամեն մի տողում տասն են վանկերը,
Բայց ինձ աղքատ են թրվում հանգերը:
Հապա մի տըվեք, ուղղեմ ես հիմա,
Տեսեք՝ թե որքան սահուն դուրս կըգա:
Ուղղում եմ ես միշտ մեր պոետներին,
Էսպես եմ պոետ շինել բոլորին:

«Սնորա՜կ աչքեր, սնորա՜կ աչքեր,
Հալածում եք ինձ դուք ինչպես քաջքեր...»

Ես իսկույն ինչպես հալածված քաջքից՝
Փախա խըմբագրից ու իրեն աչքից,
Երգերըս ուղիղ տարա տըպարան.
Դուրս եկավ էսպես մի նոր երգարան:
Այնժամ մըտրակող մի թունդ պուբլիցիստ,
Հայտնի քըննադատ, բազմագետ ու խիստ,
Սաստիկ վըրդովված, անաչառ հոգով
Ծաղրի առավ ինձ իրեն «ակնարկով»:
– Ես դեմ եմ, ասավ, բանաստեղծության,
Զըզվեցնում է ինձ էդ երգի Մուսան:
Ո՛չ մըտքեր են պետք, ո՛չ ձիրք և ոչ խելք, –
Բառեր ու հանգեր – և ահա քեզ երգ:
Հենց նոր դուրս եկած էս խակ տըղան էլ
Գըլխըց էս տեսակ բաներ է հանել:
Ուրի՜շ բան էին հին պոետները...
Նըրանք էլ մեռան, տարան հետները
Տաղանդ ու երգեր. ամե՜ն, ամեն բան
Մըտավ նըրանց հետ խավար գերեզման...
Դարձավ անապատ...էլ ո՞վ է մընում...
Էլ ուրիշ պոետ մենք չենք ընդունում...

Որքան ծաղրում ենք, սրանք չեն լռում,
Ոչ էլ մեր ուզած բաներն են զրրում:
– Ո՛վ բըրետների, կույրերի երկիր:
Դու մի՛ հավատար, իմ հե՛գ որդեգիր.
Ես էն հանգուցյալ լավերից նույնպես
Լըսել եմ հաճախ զանգատներ պես – պես:
Սպանում են դեռ ծաղրով ու թույնով,
Ապա պըճընվում նըրանց անունով.
Լափում են նըրանց վաստակը արդար,
Ու նորից...նույն հին կըռիվը վատթար...
Երդվում եմ ահա ճառագող օրով,
Վառ Ավրորայի մաքուր շողերով,
Խոսում ես դու էն չըքերի մասին,
Որ միշտ անտեղյակ առաջին լուսին,
Չեն հըրճվում նըրա ծագման հանդիսով,
Միայն կեսօրին ապուշ երեսով,
Ելնում են մըռայլ, տեսնում քընեած՝
Գըլխների վերև արևը կանգնած.
Ու ծունկ են չոքում,
Օրհներգ են երգում.
Հի՛ն օրհներգություն ու հի՛ն հըրեշներ...
Բայց մի՞ թե նըրանք ապրում են անմեռ,
Եվ էդպես անհաշտ էսօր էլ քեզ հետ...
– Ի՞նչ հըրեշ, Մուսա՛, ի՞նչ կույր ու բըրնտ,
Ի՞նչ բանսրի ես դու քեզնից հընարում...
Ես էն եմ ասում, թե մեր աշխարհում
Պոետները ողջ տըխրել են, ցավել,
Որ իրենց երգի քընար ես տըվել...
Ես էլ...ի՞նչ ասեմ...մեղավոր եմ ես,
Ծույլ ու անշընորհք, անպետք, սներես...
Մեր խեղճ տանըցիք ո՛րքան նախատում –
Բայց ես՝ միշտ համառ, չէի հավատում,
Մինչև լըսեցի մի մեծ պարոնի,
Մեր մեջ շատ խելոք ու շատ անվանի:

Մի օր ինձանից արավ հարցուփորձ.
– Ունի՞ս, հարցըրեց, մի պաշտոն կամ գործ:
– Բանաստեղծ եմ ես, հայտնեցի հըպարտ:
– Դըժվար է, ասավ, երբ անգործ է մարդ:
– Բանաստեղծ եմ ես, կըրկնեցի մեկ էլ:
– Հասկացա՜նք, ասավ, պարապ ես եղել...
Եվ խեղճ ընկերըս երբ որ՝ սըրտացավ՝
Սա էլ պետքական մի մարդ է, ասավ,
Էնպես ծիծաղեց մեր աղան փառփառ,
Որ և հասարակ և մեծ վեհափառ,
Ով որ իմացավ,
Ծիծաղը պըրծավ:
Բայց վերջն ավելի պարզեց խընդիրը,
Երբ հոդված գըրեց մեր լըրագիրը:
– Բանաստեղծն, ասավ, թո՛ղ մի գործ շինի,
Որ հացի, վարձի դառնա արժանի.
Թե չէ համառի ու մընա պոետ՝
Ի՞նչ հաշիվ ունի ազգը նըրա հետ.
Ազգը հո նըրան չի խընդրում գըրի,
Թերթն էլ փող չունի՝ թե որ վըճարի...
Թո՛ղ գընա ապրի իրեն գըրիչով...
Էսպես ենք դատում մեր մաքուր խըղճով:
Ներշընչման համար
Էսպես է հարմար. –
Ով սովից մեռել՝
Նա՛ է լավ գըրել:
Կարող ենք մենք
Էլ էսպես մըտրակել
Ու ծաղրել մի – մի,
Որ առաջ դիմի...:
– Ո՛վ ախոռ – երկիր, մըտրակի՝ մարդիկ...
Դե՛, ե՛կ, սիրելի՛ս, տանեմ քեզ երկինք.
Էնտեղ երջանիկ ոգիների հետ
Ջըվարթ կըխընդաս ու կերգես հավետ.

Կամ կուզես թըռցնեմ, հանեմ Ոլիմպոս,
Որ նեկտար ըմպես, ճաշակես ամբրոս:
– Իմ ազնի՜վ Մուսա՜,
Ա՜յ, է՜դպես խոսա:
Իրավ, էս կյանքից ես շատ եմ զըզվել:
Ի՜նչ երանություն՝ երկընքում սուզվել,
Էն չըքնաղներին, որոնք, անկասկած,
Նըման չեն իսկի մեր հայոց կանանց –
Լինել միշտ ընկեր
Ու սիրո երգեր
Հորինե՜լ,
Ձոնել,
Երկրային չընչին հոգսերը թողած.
Կամ, ոտներն հանգիստ ժայռերից կախած,
Նըստել Պառնասի երջանիկ գըլխին
Ու բարձրից նայել էս հիմար խալխին:
Բայց ես ունեմ կին, շատ երեխաներ,
Նըրանց բանն էնտեղ ի՞նչպես կըլիներ...
– Օ՛, երբ Պառնասի գագաթ վերանաս,
Զավակներ ու կին պիտի մոռանաս:
– Ո՜վ դու անիրավ, ի՞նչ եմ արել քեզ,
Որ ինձ իմ տանից էդպես բաժանես:
Չէ՜, լավ է կըրկին, որ երկրում մընամ,
Ծաղրի, նեղության մի կերպ դիմանամ...
– Քո կամքը լինի, ազա՜տ բանաստեղծ.
Ընտրի՜ր, ուր կուզես՝ երկինք թե երկիր,
Բայց միշտ, ամեն տեղ եղիր դու անկեղծ,
Մաքուր, սըրտալի քո է՜րգը երգիր:
Կանգնի՜ր միշտ վերև,
Ու ինչպես արև՝
Նայի՜ր լուսավոր,
Պայծառ ու հըզոր,
Քո կոչումն է դա.
Եվ, ինձ հավատա՜,

Բոլոր զանձերը, գոհարներն անգին
Չարժեն կարճատև քո ներշընչանքին:
– Ա՛յ, դու սատանա՛, է՞լ կուզես խաբել,
Մեծ – մեծ խոսքերով աչքերըս կապել.
Ա՛յ, դու կեղծավո՛ր, սիրուն անպիտան.
Ես լավ եմ տեսնում այժըմ ամեն բան:
Դու ինձ ես մենակ միամիտ զըտել.
Հապա դե խոսիր ուրիշի մոտ էլ,
Ա՛յ, թեկուզ մեզ մոտ, հենց իմ կընկանը –
Ասա՛, թե մենակ փողը չի բանը...
Բայց ի՛նչ եմ ասում, հայոց գըրողը
Վաղուց է արդեն ճանաչել փողը.
Եվ երկար, երկար մեր ողջ հանճարով
Մըտածել ենք մենք դըժար օրերով,
Գըրողի պըսա՞կ,
Թե՞ փողի քըսակ...
Եվ լավ ենք վըճռել...
Դեհ, գընա՛, Մուսա՛.
Գըրադարանս շինում եմ կասսա,
Թըքում եմ և քեզ և քո պըսակին,
Երկըրպագում եմ փողի քըսակին:
«Փողի քըսակը, փողի քըսակը,
Բարձրացընում է մարդու հասակը,
Գեղեցկացնում է հըրեշ տըգեղին,
Սըրբագործում է գարշն ու աղտեղին:
Նըրա ուժն է՝ որ դարձընում է լոկ
Անասուններին հարգի ու խելոք,
Կույսին, զառամին մոտեցնում իրար,
Չարին, վաշխառվին շինում բարերար,
Պըճնում ճակատը լիրբ ավազակի,
Կանգնեցնում արձան անվախճան փառքի;
Նա է միշտ շարժում դատողի լեզուն,
Նա՛ է հասցընում աղոթքն աստըծուն,
Նըրա վըրա է աշխարքը կանգնած.

Նա մեր հոգին է, մեր երկրորդ աստված:
Պոետն էլ բընավ թե խոսել է վատ,
Տուժել է սաստիկ, զըղջացել է շատ,
Եվ այժըմ, ահա, խելքի է եկել,
Սկսել է նըրան օրհնություն երգել»: –
Երգըս որ լըսեց իմ դըժբախտ Մուսան,
Իսկույն հավաքեց իր փասա – փուսան.
– Դե՜հ, մընաս բարյավ,
Անսի՜րտ, անիրա՜վ,
Ես էսքան տարի
Ինչ որ քեզ արի,
Բոլորն ուրացար,
Փողապաշտ դարձար...

ՀԻՆ ԿՌԻՎԸ

ՏԱՆԸ

ՆԱԽԵՐԳԱՆՔ

Մենք կարծում էինք, թե իր շանթերով
Հըսկում է աստված Մասմա սարերին.
Մենք ասում էինք՝ անթիվ նավերով
Կըգան օգնության մեր ծանըր օրին...
Ավա՜ղ մեր պայծառ հույսերի համար.
Ահա խորտակված, և ահա կըրկին
Նայում ենք անհույս, մենա՛կ, դալկահար՝
Մորթող թըշնամու արյունոտ ձեռքին:
Երկրի մեծերը չեն փոխու՜մ իրենց
Մեռելի ոսկրին ողջ ազգը հայի,
Մեր տու՜նն են ուզում, մեր տեղն են ուզում,
Մեր բուն երկիրը՝ մեզնից ամայի...
Նա էլ, որ աստծու անունով եկավ,
Փրկչական խաչով, խոսքով գըթության,
Նա էլ աստըծուն՝ կանգնեց՝ փառք տըվավ,
Որ մենք հոշոտված, տանջված ենք էքան..
Ու հոսո՜ւմ, հոսո՜ւմ, հոսում է անմեղ
Արյուն – արցունքը տարաբախտ ազգի,
Հոսում ամեն օր, հոսում ամեն տեղ,
Եվ դեռ սոսկալին չի եկել իսկի...
Եվ ահա մենակ, խոցված ու ցավոտ,
Թե մարմնով տանջված՝ հոգով առավել,
Մենք միտք ենք անում մինչև առավոտ.
– Տե՜ր ամենագետ, մենք ի՞նչ ենք արել...

I

Հայի չար բախտը ինձ ներքն բերավ
Բարձըր Գուգարքի ծաղկոտ սարերից,
Իմ հոգին լցրեց հառաչանք ու ցավ,
Տըխուր երգերի քընար տըվավ ինձ:
Դե՛, հեծծի՛ր, իմ երգ, ինչպես կըհեծծի
Բուքն իմ ամայի աշխարհիքի վըրա,
Անքուն կարոտի դուռը կըծեծի,
Թե՝ քու անբախտը չըկա ու չըկա...
Դե՛, հեծծի՛ր, իմ երգ, ինչպես սըգավոր
Հայի հեծեծանքն ու բողոքն անվերջ,
Ինչպես պանդուխտի թառանչ սրտախոր
Օտար դըռներում, անհայտ ճամփի մեջ...

II

Իմ միտքն էլ, ավա՛ղ, շրջում է մոլոր
Հայի հալածված պանդուխտի նըման,
Մենակ ամեն տեղ, տըխուր ամեն օր,
Ցավերով լցված պանդուխտի նըման:
Կորցրել է վաղուց ամենն, ինչ ուներ,
Փընտրածն էլ, էսպես, չի գըտնում բընավ,
Անքուն ջրրի պես գընում է երեր,
Աշխարհիքից աշխարհիք, մի ցավից մի ցավ:
Ու, ինչպես օտար աշխարհից դարձող
Կարոտած ճամփորդ, նըկատում է նա՝
Հեռո՛ւ, մըթան մեջ, վառ կարմիր լուսով
Ծաղկում է ծանոթ լուսամուտն սհա...
Մենակ ու խաղաղ ճըրագի առջև,
Չոր ձեռքը տըված դալուկ ճակատին,
Մըտքի ծովն ընկած մըտածում է նա,
Հին տառապանքի, հին ցավի որդին:
Գըլխի վերևը տըխուր պատկերներ,
Գըրքե՛ր ու գըրքեր իր շուրջը բոլոր...

Ու Թերս է մ՛տնում մի բարի ըստվեր,
Իր մայրը ցամքած, մայրը սևամոր:
Ի՞նչ Ես միտք անում, Վահա՛ն ջան, էդքան,
Ասա՛, քեզ դուրբան, քո մտքին դուրբան,
Ի՞նչ ես միտք անում ու հալվում, հալվում...
Բան չըկա, մայրիկ, գըլուխս է ցավում...
Չէ՛, սուտ ես ասում, ինձ չես խաբիլ էլ.
էդ ո՞վ է, ասա՛, քո քունը կըտրել,
էդ ո՞ր սիրունը, ո՞ր անուշ հոգին...
– Հա՛, գըտա՛ր, մայրի՛կ...սիրում եմ մեկին...
– Տեսա՞ր, որ ասի՝ չես խաբիլ ինձ էլ,
Տեսա՞ր, ինչպես եմ ցավըդ իմացել...
Ինչո՞ւ ես հապա ծածկում ինձանից,
Ծածկում ինձանից – քեզ սիրող նանից...
Դե ո՞վ է, ասա, ես էլ կսիրեմ...
Դե ո՞ւր է, ասա՛...ո՞ւր է, որ բերեմ.
Բերեմ, որ էդքան միտք չանես էլ դու...
– Չես կարող, մայրիկ, նա շատ է հեռու...
Նա շատ է հետո, զերության միջում,
Դու չես իմանում, դու չես ճանաչում...
էնպես մի դըժար տեղ եմ սիրել ե՛ս...
Չես կարող հասնես, չես կարող բերես...»
Ու դուրս է գընում հուսահատ, մոլոր
Իր մայրը ցամքած, մայրը սևաշոր,
Աղոթում իրեն Վահանի համար,
Աշխարհքի համար, ամենքի համար...

III

Հայտնըվեց ապա մի օտար տըղա,
Մի ուրիշ տըղա երևաց էլի,
խոսում են անքուն գիշերներն երկար,
խոսում են տաք – տաք, մո՛ւթ, կասկածելի...
– Ո՛վ են, Վահա՛ն ջան, գալիս են քեզ մոտ,
էդ ինչ տղերք են՝ գունա՛տ, անծանոթ...

Երնեկ իմանամ՝ էդ ինչ եք ուզում,
Էդ ի՞նչ եք էդքան խոսո՛ւմ ու խոսում...
– Պանդուխտ են, մայրիկ, ընկեր տղերք են,
Քըշված, հալածված, ընկած դես ու դեն.
Տուն ու տեղ չունեն, ինձ մոտ են գալիս,
Զըրույց ենք անում, իրար սիրտ տալիս...
– Իմ անբախտ զավակ, մանկուց վըշտակոխ.
Ընկերներդ էդպես հալածված, անհող,
Միրածըդ հեռու, գերության միջում...
Խոսում է մայրը, խոսում, հառաչում,
Ու դուրս է գընում կըրկին շըվարած...
Ամեն տեղ քընած, ամենքը լըռած...
Մենակ՝ մընում է իր անհոգ մարդուն,
Չի գալիս նա էլ, դեռ չի գալիս տուն.
Իր պեսների հետ էլի՛ էն անտեր
Գինետանն ընկած ու խոսում է դեռ...

IV

(Գինետանը)

Կըտրել է վաղուց ամեն ձեն ու ձուն:
Գիշերվա կես է: Հոգնած ու անքուն,
Գըլուխը գինոտ դազգահին դըրած՝
Գինետան տերն էլ քուն մըտավ թըմրած:
Կեղտոտ լամպարի աղոտ լուսի տակ,
Մեջտեղը մի գավ, աղքատ ու անկարգ
Սեղանի շուրջը, իրենց անկյունում,
Երեք ծերունի զըրույց են անում:
– Ցավ – կրակ դառավ էս լակոտն, ախպեր ,
Էլ բա՛ն չի ասվում, հետը չի խոսվում,
Ուշքըն ու միտքը միշտ հեռու տեղեր՝
Չեմ էլ հասկանում, թե ինչ է ուզում...
Հավան չի կենում աշխարհիքի կարգին.
Ասում է՝ մարդիկ բըռնության տակին...

Միտս էլ չի գալիս՝ ինչպես է ասում.
Խըրթին, գըրաբառ բաներ է խոսում, –
էս մեկն՝ էսպես է, էն մեկելն՝ էնպես...
Երկուսից մինը – կամ նրանք, կամ ես...
Սո՛ւս կաց, ասում եմ, էդ ի՞նչ ես անում...
Թե՝ դու հին մարդ ես, դու չես հասկանում...
– Հա՛, հա՛, հա՛, հա՛, հա՛.
Ա՛յ քեզ նոր տըղա՛...
Դե բաժակըդ բե՛ր,
Մարտիրոս ախպեր,
Բեր մի – մի բերան
Կյանք խընդրենք ղըրան:
էդ, ինչ որ դու ես խաբարը տալիս,
Մի ուրիշ տեսակ բան է դուրս գալիս...
Բարի հիշատակ լինի քեզ համար,
Տունըդ շեն պահի ու ծուխըդ վարար:
Ածում են կոնծում ընկեր ծերերը,
Բայց նոր է բացվել պատմության ծերը:
– Հա՛, ախպե՛ր, ուրիշ բան է դուրս գալիս.
Ես էլ հենց էդ եմ գըլխիս վայ տալիս,
Թե սըրա վերջը ուր պիտի գընա.
Տանից ու բանից եղած ավարա,
Աշխարհքի դարդը շալակն է առել՝
Ամենքի համար դարդաքաշ դառել...
Ընկեր թե օտար, ծանոթ, անծանոթ –
Ով վեր է կենում – վազում է իր մոտ.
– Վահա՛ն, ի՞նչ անենք...Վահա՛ն, ո՞նց կենանք...
Վահա՛ն, ի՞նչ կասես...Վահա՛ն, ե՞րբ գընանք...
Գըլխի՞ եք ընկնում՝ «էնտե՛ղ» են գընում...
«էնտեղ» հո գիտե՛ք, լավ եք իմանում...
– «էնտե՞ղ», օֆ, «էնտե՛ղ» – Կըրակ է անթեղ...
Դե բաժակըդ բեր, Մարտիրոս ախպեր,
Արի՛, մի սըրտանց Կյանք խընդրենք ղըրանց...
Ջահել ժամանակ ի՛նչքան եմ ես էլ

Էդ ճամփի վըրա անքուն երազել,
Ի՜նչքան եմ ուզել թե փախչեմ ծածուկ...
Հիմի ըդրանցն եք թարիֆ անում դուք...
Ուր զընան՝ աստված բաները աջի,
Չարը խափանի, բարին առաջի...
Աճում են կոնճում ընկեր ծերերը,
Բայց հեռու է դեռ պատմության ծերը:

– Շընորհակալ եմ, ողջ կենաք, ախպեր,
Էս տեսակ մի բան չեմ տեսել ես դեռ.
Տեղ ունես թե չէ՝ մըտիկ չեն տալիս,
Տասը զընում են՝ քըսանը գալիս,
Ինչ որ ճանկում են՝ ուտում են, թափում,
Ամբողջ գիշերը վիճում, աղմըկում,
Ամպի պես ծըխով սենյակը լցնում...
Էլ ոչ մահճակալ, ոչ տեղ են հարցնում. –
Մինը բարձրանում՝ սեղանին պառկում,
Մյուսը հատակին լեն – առձակ ձըգվում...
Ոչ աղբ են նայում, ոչ փոշի, ոչ ցեխ,
Պառկում են էստեղ, պառկում են էնտեղ...
– Հա՜, հա՜. հա՜, հա՜, հա՜.
Թամաշա է հա՜... Դե բաժակըդ բեր,
Մարտիրոս ախպեր, Արի, մի սըրտանց
Կյանք խընդըրենք դրանց.
Շատ լավ տըղերք են, ես ու իմ հոգին.
Հավան եմ կենում դրանց արարքին. –
Մարդը նա հո չի՝ հենց իրեն նայի,
Մարդը նա է, որ աշխարհքը շահի...
Տեր աստված պահի իրեն խընամում...
Աճում են՝ վերջին բաժակն էլ քամում,
Չեն հասնում սակայն պատմության ծերը,
Ու միշտ ընկնում է էգուց գիշերը:

V

Դատարկ փողոցով բարձըր հազալով,
Ինքը իրեն հետ մենակ խոսելով,
Թըրը՛ խկ հա չըրը՛ խկ, գիշերվա մըթնում
Մարտիրոս ախպերն իր տունն է գընում:
Եվ ուշ գիշերով հասնում է նա տուն:
Ճըրագը վառ է, «նրանք» էլ զարթուն,
Աղմըկում են դեռ կողքի սենյակում,
Էն նոր դուրս եկած երգեր են երգում:
Պառավն էլ անքուն իրեն է մնում,
Ձեռները ծոցին դուրս ու տուն անում,
Ու մարդը շեմքից մըտած – չըմտած՝
Դիմացն է գալիս հանգած ու հատած:
– Բա՛, գիտե՞ս, ա՛յ մարդ, ի՛նչ իմացա ես,
Գիտե՞ս ինչիցն է մաշվում երեխես, –
Սիրո՛ւմ է մեկին...
– Վա՛յ քու կարճ խելքին...
Ի՛նչ սիրահարված, բա՛ն գիտես իսկի. –
Ազգի համար է միտք անում, ազգի՛.
Ուրիշի համար, խեղճերի համար...
Ի՛նչ սիրահարված, կարճամիտ հիմա՛ր,
Ի՞նչ ես հասկանում՝ ի՛նչ կա աշխարհքում.
Ականջդ մի բաց, տես ինչ են երգում...

(Տղերքը երգում են)

Մն սարերի ետն նըրանք
Տառապում են խավարում,
Լույս են ուզում ու ազատ կյանք
Աստծու ազատ աշխարհում:
Կանցնենք թափով
Սարերն ամպոտ,
Կերթանք խըմբով
Մենք նըրանց մոտ:

Է՜յ, հերիք էր, չար բռնակալ,
Քանի՞ տանջես խեղճերին.
Խեղճը պիտի ապրի դարձյալ,
Վայն եկել է քու օրին...

Ազատության որդիքն ենք մենք՝
Թըռած դեպի ապագան:
Էսպես խըմբով սըլանում ենք,
Ո՞վ կըփակի մեր ճամփան.
Կայծակ կըլնենք
Կիջնենք ամպից.
Հեռո՜ւ ճամփից,
Հեռո՜ւ ճամփից...
Հե՜յ, գալիս ենք, ո՜վ տանջվածներ,
Գալիս ենք մենք զինավառ,
Ե՜վ ազատ օր, և՜ կյանք, և՜ սեր –
Ողջ բերում ենք ձեզ համար:

VI

Դողդոջ ու գունատ պառավները լուռ
Ականջ են դընում: Սարսափ ու սարսուռ
Պատել են նրանց, և սարսափահար,
Տեղները սառած, նայում են իրար.
Ի՜նչ է կատարվում իրենց հին տանը,
Ի՜նչ երգ է երգում իրենց Վահանը,
Ի՜նչ եւրգ են երգում էս տղերքը նոր,
Ի՜նչ երգ են երգում անզո՜ւսպ, ահավոր...
Ամբողջ գիշերը կըրակի վըրի
Էն շամփրի նըման, անքուն ու ցավոտ,
Պըտտուտ են գալիս անկողնի միջին,
Պըտտուտ են գալիս մինչև առավոտ:

– Վահա՜ն ջան, Վահա՜ն, ի՞նչ երգեր են էդ.
Ի՜նչ վըտանգավոր երգեր եք երգում...

էդ ո՞ւր ես ուզում գընաս դըրանց հետ...
Ի՞նչ է պատահել, ի՞նչ կա էն երկրում...
– Է՜հ, մայրի՜կ, դու էլ՝ ի՜նչ երգեր են էդ...
Ջահել տըղերանց երգեր են, էլի...
Ջահել տղերք ենք, միտքներըս թըռչում՝
Հազար մի հեռու տեղ են ման գալի...
Ու ժողովները դարձան աղմըկոտ.
Աշնան հավքերի էն տարմի նըման,
Որ ըրժվըժում է՝ չըվելուց առաջ
Դեպի արևոտ կողմերը գարնան:
Մի օր էլ հանկարծ աղմուկը լըռեց,
Վահա՜նը չեկավ էն գիշերը տուն:
Չըկա մյուս օրն էլ, չըկա՜ ոչ մի տեղ,
Ամեն հարցուփորձ անցավ ապարդյուն:
Եվ ահա նամակ կորած Վահանից:
Բանում են ըշտապ, դողդոջ ձեռքերով.
Ասում է՝ իզուր էլ մի՜ փնտրեք ինձ.
էլ մի՜ փնտրեք ինձ ու մընաք բարով...
– Դուք ինձ կյանք տըվիք, դուք ինձ մեծացրիք,
Բայց քանի էսքան ցավ կա աշխարհքում,
Իմ կյանքն իմը չի, իմ սիրտն իմը չի,
Չեմ կարող հանգիստ մընալ ձեր գըրկում:
Ցավի աշխարհքում արնոտ ու ահեղ
Ուրիշ նոր կյանք է բացվել ինձ համար.
Ուրիշ հայրեր են մընում ինձ էնտեղ,
Ուրիշ մայրեր են կանչում անդադար...
Ներեցե՜ք, որ ձեզ թողնում եմ էդպես
Անկա՜ր, անխընդում, ծերության օրով,
Ներեցե՜ք ձեր խենթ, խելագար որդուն,
Մոռացեք նըրան ու մընա՜ք բարով...

VII

Որդու նամակը ծընկանը դըրած,
Արցունքը ցամքած էն մաշված դեմքին,

խաղաղ իրիկվան դեմ ու դեմն ահա
Նըստած է մայրը իր դատարկ շեմքին:
Կատուն է կողքին մըռռում միալար,
Փոքրիկ Սերիկն էլ, կուչ եկած իր մոտ,
Էնպես միամի՛տ, տխո՛ւր, դալկահար
Պոըշկել է մոր դեմքին արցունքոտ:
Նայում է մայրը, նայում է հեռուն,
Էն անհայտ հեռուն, ահավո՛ր, անվե՛րջ,
Ուր գընաց իրեն զավակը սիրուն,
Գընաց «նրանց» մոտ, արյան ծովի մեջ...
– Ո՛վ քաղցրահայաց սուրբ Աստվածածին,
Ո՛վ արագահաս զինվոր սուրբ Սարգիս,
Դուք օգնեք խեղճին, հասնեք նեղվածին,
Դուք տաք հովություն արար աշխարհքիս.
Հարեհաս լինեք «նրանց», ամենքին,
Ամենքի հետ էլ իմ ճար ու մեկին...
Աղոթք է անում իր մեկի համար,
Աշխարհքի համար, ամենքի համար,
Մինչև թըռչում է ճաճանչը ետին,
Մինչև որ մութը առնում է գետի՛ն...

VIII

Մըթնեց: Կըտրել է ամեն ձեն ու ձուն:
Գիշերվան կես է, խաղաղ լըռություն:
Հին զինետանը, իրենց անկյունում,
Երեք ծերունի զրույց են անում:
– Ի՞նչ ես միտք անում, Մարտիրոս ախպեր.
Լա՛վ կըլնի վերջը...բաժակըդ մի բե՛ր...
Բե՛ր մի – մի բերան
Կյանք խընդրենք նրան...
Տեր աստված բարի ճամփա տա իրեն,
Նըրա բաց աչքը լինի միշտ վըրեն...
Վատ բանի համար հո չի գընացել...
Ի՛նչ ես մոլորված նըստած մընացել,

Բաժակդ էլ լիքը առաջիդ է դեռ...
Վերցրո՛ւ, խըմի՛ր, Մարտիրո՛ս ախպեր...

ՀԻՆ ԿՌԻՎԸ

ԵՐԿՐՈՒՄ

ՆԱԽԵՐԳԱՆՔ

Հեքիաթն ասում է, թե՝ մի աշխարհքում
Բըխում էր առատ ջուրն անմահական,
Բայց ագահ վիշապն առաջը փակում,
Ծարավ էր թողնում աշխարհքն աննըման:

Նա զոհ էր ուզում սիրուն աղջիկներ,
Որ ջուր բաց թողնի ծարավ աշխարհքին,
Եվ, անմահության ջրի փոխարեն,
Մարդիկ շուտ դարեր արցունք խըմեցին:

Մինչև մի տղա, Լույս երկրից եկած,
Կըռվեց էն գերի աշխարհքի համար,
Հաղթեց, ազատեց աղբյուրը փակված,
Տանջվող հոգիներ փըրկեց անհամար:

Ո՜չ, հեքիաթ չի սա լիքը հըրաշքով,
Եղած թե չեղած մըթին աշխարհքում,
Ճըշգրիտ դեպք է սա տեսած իմ աչքով,
Եվ| հեքիաթ չկա մեր անբախտ կյանքում...

Մեր երջանկության աղբյուրը փակած՝
Մեր վարդ քույրերին հոշոտում է նա...
Ա՜խ, ի՜նչքան արյուն, արցունք է թափված
Մեր սիրուն երկրի սարերի վըրա...

I

«Լո՛ – լո՛, լո՛ – լո՛, մերն են սարեր,
Ծաղկոտ սարեր Տարոնի»
ծաղկոտ սարեր, ազատ օրեր,
Սերն ու զըգվանք սիրունի...
Լո՛ – լո՛, լո՛ – լո՛»...
Գլուխ տըվեք, զոռոզ սարե՛ր,
Անց է կենում Մուսաբեկ,
Գլուխ տըվեք, վախկոտ հայե՛ր,
Չընչին գյուղեր ու օբեք:
Ո՞ւր կա ոսկի, ո՞ւր սիրուն կին,
Առաջ բերեք գըլխաբաց.
Ո՞վ կա ընդդեմ նըրա կամքին,
Ո՞վ է կյանքից կշտացած...
Մըշու երկրում թուր է զարկում՝
Դողում են Վան իր թափից,
Դողում են Վան, մինչ Արզըրում,
Ահեղ թափից, սարսափից...

II

Գլուխ տըվեք, վախկոտ հայե՛ր.
Ջըրը՛նգ, եկավ Մուսաբեկ.
– Հե՛յ, դո՛ւրս արի, քեշիշ բաբա՛.
Ո՞վ կա տան մեջ, դուրս եկե՛ք...
Ու սըրահի կեսմութի մեջ
Գուճիուպ եկավ քահանան,
Դողդոջելով, ծերուկ ու խեղճ,
Բըռնած սարսափն իր մահվան:
– Հավա՞ն ես ինձ, քեշիշ բաբա՛,
Հապա. նայիր մի վերև...
– Աստված է քեզ հավնել, աղա՛,
Աստված կյանք տա ու արև:
Դե բե՛ր, հապա՛, որ հավան ես,

Աղջիկդ բե՛ր, տուր ինձ կին.
Դե՛հ, շո՛ւտ արա, քեշիշ բաբա,
Դուրս բեր սիրուն Շողիկին:
Լուռ կանգնած է ծեր քահանան,
Դեմքը դեղին, միրքի պես,
Ծիծաղո՛ւմ է լացի նըման,
Թե լալիս է ծըպտերե՛ս...
– Հա՛, հա՛, հա՛, հա՛...Հավա՞ն չես ինձ...»
Խընդաց խումբը՝ հա՛, հա՛, հա՛...
Ու սոսկալի էն ծիծաղից
Սարսափն ընկավ տան վըրա:

– Ո՛վ չի հավան Մուսաբեկին...
Մի Մուսաբեկ – մի աշխարհք...
Բախտավոր ենք՝ ես...իմ որդին...
Ո՞վ է տեսել էսպես փառք...
Միայն թե, աղա՛, զութ արա մեզ,
Ժամանակ տուր երկու օր,
Որ պատրաստվենք բեկին վայել.
Ոտից հողն ենք նորից նոր...
– Մի երկու օ՛ր...բայց իմացի՛ր,
Ետ եմ գալու ես նորից.
Երկի՛նք թըռիր, գետի՛նն անցիր,
Չես ազատվիլ իմ ձեռքից...
«Լո՛ – լո՛, լո՛ – լո՛, մերն է Տարօն
Վայելքներով իր բոլոր...
Լո՛ – լո՛ – լո՛ – լո՛...»: Հանգավ «լո՛ – լո՛» – ն
Սարի ետև հեռավոր:

III

Ի՛նչ է ղողանջում զանգակը զուժկան,
Գյուղի զանգակը էս անվախտ ժամին.
Կարկո՞ւտ է գալիս մըթնած երկընքից,
Հրդե՞հ է ձըգել գյուղը թըշնամին...

– Ի՞նչ է պատահել, ծերունի տերտեր,
Ի՞նչ ես վրդովում էս հոգնած խալխին:
– Եկե՛ք, իմ որդի՛ք, եկե՛ք, իմ որբե՛ր,
Երկինքը փըլավ իմ ճերմակ գլխին...

Ու լաց է լինում զանգակը ժամի,
Գալիս է կանգնում ամբողջ Տալվորիկ,
Ու ձայն է տալի, գոչում ծերունի
Իրենց քահանան ձայնով զարհուրիկ:
– Եկե՛ք, ընկե՛ր – հարևաննե՛ր,
Իմ Շողիկի հարսնիքին.
Ծաղի՛կ բերեք ալ ու կարմիր
Իր անթառամ պըսակին...
Դուստր եմ պահել ես նազելի,
Սըրտիս խընդում, աչքիս լուս.
Քուրդը եկավ դուստրըս խըլի,
Կյանքը խըլի ծերունուս:
Հայր եք դուք էլ, զավակի տեր,
Մի ճար գըտեք իմ ցավին...
Ու ծերերը՝ չո՛ր, ալեհե՛ր,
Հառաչում են խմբովին.
– Ափսո՛ս Շողիկ, սիրո՛ւն Շողիկ,
Մեր աչքի լուս, մեր ալ ծաղիկ...
Վա՜յ խե՛ղճ ծնող, ծեր քահանա.
Քըրդի ճամփեն տատասկ դառնա...

Հընչում է դարձյալ զանգակը ժամի,
Կանչում է, գոչում հայրը ծերունի.
– Հավա՛ր ձըգեք հեռու տեղեր,
Ազգ ու ազինք իմանան,
Դըրոշ բանան, զորքեր կապեն,
Թող գա՛ն, հասնեն օգնության...
Եվ զուր ծերունու աչքերը անզոր
Հըրաշք են փընտրում մըշուշոտ հեռվում,
Լուռ են ու դատարկ ճամփեքը բոլոր,

Փոշի չի ելնում հայոց դաշտերում:
Լալիս է սակայն զանգակը կրրկին
Ու զոչում է ծերն առավել ուժգին.
– Լըսի՛ր, աստվա՛ծ, եթե մի օր
Բույր եմ խըընկել քո անվան,
Թե դու էլ ես ծե՛ր, ալեո՛ր,
Ու գութ ունիս հայրական...
Բայց ծածկում է դեմքը աստված՝
Հայից դարձած ու խըռով,
Սև – սև գիշերն իջնում է ցած,
Լիքը անքուն ցավերով...

IV

Հայի Գիշե՛ր, հայի գիշե՛ր,
Ցավի անդունդ անհատակ...
– Աղջի՛կս, ինչո՛ւ չես քընում դեռ,
Ի՞նչ ես լալիս տեղի տակ:
– Չիտեմ, մայրի՛կ, ինչու էսպես
Քուն չի գալի էլ աչքիս.
Աչքըս քանի փակում եմ ես՝
Քուրդն է կանգնած առաջիս...
– Քնի՛ր, բալա՛ս, մի՛ վախենար,
Աստված կա դեռ երկնքում.
Քուրդ ու տաճիկ, ջարդ ու ավար
Շատ ենք տեսել մեր կյանքում...
– Մայրի՛կ, մայրի՛կ, չե՞ս իմանում,
Ո՛վ է լալիս դուրսն անտեր...
Մայրիկ, մի տես՝ չի լուսանո՛ւմ...
Ա՛խ, ի՛նչ ծանր է էս գիշեր...
– Քնի՛ր, բալա՛ս, Որբն* է մենակ
Իր Սըհակին որոնում,
Է՛, քեզ նըման, մի ժամանակ

---

* Թռչունի անուն:

Նա էլ աղջիկ է լինում,
Հավանում է չար տաձիկը,
Դալիս եղբորն ըսպանում,
Ճարը հատած հեզ աղջիկը
Աստծուն աղոթք է անում.
– Ո՛վ տեր աստված, թևեր տուր ինձ,
Թեթև թևեր թռչունի,
Թռչե՛մ, կորչեմ էս աշխարհքից,
Անգութ ձեռից դուշմանի...
Էն օրվանից ման է գալի
Թևեր առած, անդադար,
Կանչո՛ւմ, կանչո՛ւմ, ձեն է տալի
Իր Սրհակին ջրատար...
Քնի՛ր, բալա՛ս, աստված դեռ կա,
Աղոթք ասա մըտքիդ մեջ,
Հիմի շուտով լիսն էլ կըգա,
Էս գիշերն էլ ունի վերջ...

– Թրը՛խկ...թրը՛խկ...
– Ո՞վ է ծեծում
Կեսգիշերին դուռն էդպես...
– Թրը՛խկ, թրըխկ...
– Չէ՛յ, չէ՞ս լըսում,
Վեր կաց, տերտե՛ր, ներս թող մեզ...
Ու անլեզու քըրդի նըման
Սարսափն հանկարծ ընկավ տուն,
Տեղի տակին կըծիկ եկան
Մանուկները դեռ անքուն:
Մարեց մայրը լեղապատառ,
Աղջիկն հանգավ մոր գըրկում,
Իսկ դուռն ուժգին ու անդադար.
Հա՛ զարկում են ու զարկում:
Լույսը ձեռքին ծերը գունատ
Դողդողում է, երերում...

Ձեռքը փակին տարավ հանկարծ,
Դուռը բացվեց խավարում,
Շառաչեցին, շողշողացին
Ձենքերն լուսում են աղոտ,
Ու զինավառ ներս խուժեցին
Երեք ջահել անծանոթ:
– Օրհնյա՛ ի տեր, հայի լեզվով
Ողջունեցին ու մըտան.
Մութ խըրճիթը լըցվեց լուսով
Անակընկալ խընդության:
– Էսպես անժամ, դարիբ եղբարք,
Ո՞ւսկից եք դուք գալիս ինձ...
– Հեռու տեղից, Կովկասից...
– Բայց մեր երկիր ամեն անկյուն
Մահվան երկյուղ ու վտանգ...
– Դըրա համար մենք եկանք...
– Իսկ դուք չունե՞ք ձեր աշխարհքում
Տուն, տեղ, ծընող, քույր կամ կին...
– Ունենք, թողինք ամենքին...

Հայի գիշե՛ր, անքո՛ւն գիշեր,
Լի՛ տանջանքով ու մութով,
Հայի գիշե՛ր, անհո՛ւն գիշեր,
Լի՛ ահավոր խորհրդով...

ՍԱՍՈՒՆՑԻ ԴԱՎԻԹԸ

I

Առյուծ Մըհերը, զարմով դյուցազուն,
Քառասուն տարի իշխում էր Սասուն.
Իշխում էր ահեղ, ու նըրա օրով
Հավքն էլ չէր անցնում Սասմա սարերով:
Սասմա սարերից շա՜տ ու շատ հեռու
Թնդում էր նրա հռչակն ահարկու,
Խոսվում էր իր փառքն, արարքն անվեհեր.
Հազար բերան էր — մի Առյուծ-Մհեր:

II

Էսպես, ահավոր առյուծի նըման,
Սասմա սարերում նստած էր իշխան
Քառասուն տարի: Քառասուն տարում
«Ա՜խ» չէր քաշել նա դեռ իրեն օրում.
Բայց հիմի, երբ որ եկավ ծերացավ,
Էն անահ սիրտը ներս սողաց մի ցավ:
Սկըսավ մըտածել դյուցազուն ծերը.
— Հասել են կյանքիս աշնան օրերը,
Շուտով սև հողին կերթամ ես զերի,
Կանցնի ծըխի պես փառքը Մըհերի,
Կանցնեն և՛ անուն, և՛ սարսափ, և՛ ահ,
Իմ անտեր ու որբ աշխարքի վըրա
Ոտի կըկանգնեն հազար քաջ ու դև…
Մի ժառանգ չունեմ՝ իմ անցման ետև
Իմ թուրը կապի, Սասուն պահպանի…
Ու միտք էր անում հըսկան ծերունի:

III

Մի օր էլ՝ էն գորշ հոնքերը կիտած
Երբ միտք էր անում, երկընքից հանկարծ
Մի հուր-հըրեղեն հայտնվեց քաջին,
Ոտները ամպոտ կանգնեց առաջին:
— Ողջո՜ւյն մեծազոր Սասմա հըսկային.
Քու ձենը հասավ աստծու գահին,
Ու շուտով նա քեզ մի զավակ կըտա:
Բայց լավ իմանաս, լեռների արքա,
Որ օրը որ քեզ ժառանգ է տըվել,
Էն օր կըմեռնեք քու կինն էլ, դու էլ:
— Իր կամքը լինի, ասավ Միհրը.
Մենք մահինն ենք միշտ ու մահը մերը,
Բայց որ աշխարքում ժառանգ ունենանք,
Մենք էլ նըրանով անմեռ կըմընանք:
Հըրեշտակն էստեղ ցոլացավ նորից,
Ու էս երջանիկ ավետման օրից
Երբ ինը ամիս, ինը ժամն անցավ,
Առյուծ-Մըհերը զավակ ունեցավ:
Դավիթ անվանեց իրեն կորյունին,
Կանչեց իր ախպեր Ձենով Օհանին,
Երկիրն ու որդին ավանդեց նըրան,
Ու կինն էլ, ինքն էլ էն օրը մեռան:

IV

Էս դարում Մըսըր անհաղթ ու հզոր
Մըսրա-Մելիքն էր նըստած թագավոր:
Հենց որ իմացավ՝ էլ Մըհեր չըկա,
Վեր կացավ կըռվով Սասունի վըրա:
Ձենով Օհանը ահից սարսափած՝
Թըշնամու առաջն ելավ գըլխաբաց,
Աղաչանք արավ, ընկավ ոտները.
— Դու եղիր, ասավ, մեր գլխի տերը,

Ու քու շրվաքում քանի որ մենք կանք,
Քու ծառան լինենք, քու խարջը միշտ տանք,
Միայն մեր երկիր քարուքանդ չանես
Ու քաղցըր աչքով մեզ մըտիկ անես:
— Չէ՛, ասավ Մելիք, քու ամբողջ ազգով
Անց պիտի կենաս իմ թըրի տակով,
Որ էգուց-էլօր, ինչ էլ որ անեմ,
Ոչ մի սասունցի թուր չառնի իմ դեմ:
Ու գընաց Օհան՝ բոլոր-բովանդակ
Սասունը բերավ, քաշեց թըրի տակ
Մենակ Դավիթը, ինչ արին-չարին,
Մոտ չեկավ դուշման Մելիքի թըրին:
Եկան քաշեցին՝ թե զոռով տանեն,
Թափ տըվավ, մարդկանց գըցեց դես ու դեն,
Փոքրիկ ճըկույթը մի քարի առավ,
Ապառաժ քարից կըրակ դուրս թըռավ:
— Պետք է սպանեմ էս փոքրիկ ծուռին,
Ասավ թագավորն իրեն մեծերին:
— Թագավո՛ր, ասին, դու էնքան հըզոր,
Թըրիդ տակին է ողջ Սասունն էսօր.
Ի՞նչ պետք է անի քեզ մի երեխա,
Թեկուզ իր տեղով հենց կըրակ դառնա:
— Դո՛ւք գիտեք, ասավ Մըսրա թագավոր,
Բայց թե իմ գըլխին փորձանք գա մի օր,
Էս օրը վըկա,
Սըրանից կըգա:

V

Էս որ պատահեց, մեր Դավիթ հըսկան
Մի մանուկ էր դեռ յոթ-ութ տարեկան.
Մանուկ եմ ասում, բայց էնքան ուժեղ,
Որ նըրա համար թե մարդ, թե մըժեղ:
Բայց վա՛յ խեղճ որբին աշխարքի վըրա,
Թեկուզ Առյուծի կորյուն լինի նա:

Ձենով Օհանին ուներ մի չար կին:
Մին-երկու լռեց, մի օր էլ կարգին
Իրեն մարդու հետ սկըսավ կըռվել.
— Ես մենակ հոգի, հազար ցավի տեր,
Ի՞նչ ես ուրիշի եթիմը բերել,
Նըստեցրել գըլխիս պարապ հացակեր…
Հո՛ դեմ գըլուխը… ես գերի հո չե՞մ՝
Ամենքի քեֆի ետևից թըռչեմ…
Մի կուռ կորցըրո՛ւ, կարգի՛ր մի բանի,
Գընա, իր համար աշխատանք անի…
Ու հետն սկսավ ողբալ ու կոծել,
Իր օրը սըգալ, իր բախտն անիծել,
Թե անբախտ եղավ աշխարքի միջում,
Ոչ մի տեր ունի, ոչ մարդն է խըղճում…
Գընաց Օհանը երեխի ոտի
Մի զույգ ոտնաման բերավ երկաթի,
Երկաթի մի կոռ շալակին դըրած,
Ու արավ Սասմա քաղքի գառնարած:

VI

Քըշեց գառները մեր հովիվ հըսկան,
Ելավ Սասունի սարերն աննըման.
«Է՛յ ջան, սարե՛ր,
Սասման սարե՛ր…»
Որ կանչեց նրա ձենից ահավոր
Դըղորդ-դըմբըդըմբոցն ընկավ սար ու ձոր,
Վայրի գազաններ բըներից փախան,
Քարեքար ընկան, դատարկուն եղան:
Դավիթը ընկավ նըրանց ետևից,
Որին մի սարից, որին մի ձորից
Աղվես, նապաստակ, գել, եղնիկ բըռնեց,
Հավաքեց, բերավ, գառներին խառնեց,
Իրիկվան քըշեց ողջ Սասմա քաղաք:
Կաղկա՛նձ ու ոռնո՛ց, աղմո՛ւկ, աղաղա՛կ…

Քաղքըցիք հանկարծ մին էլ էն տեսան՝
Գալիս էն իըրես անհամար գազան.
«Վա՜յ, հարա՜յ, փախե՜ք... »
Մեծեր, երեխեք
Սըրտաճաք եղած,
Գործները թողած,
Որը տուն ընկավ, որը ժամ, խանութ,
Ու ամուր փակեց դուռն ու լուսամուտ:
Դավիթը եկավ, կանգնեց մեյդանում.
— Վա՜հ, էս մարդիկը ի՜նչ վաղ են քընում.
Հե՜յ ուլատեր, հե՜յ գառնատեր,
Ելե՜ք, շուտով բացեք դըռներ.
Ով մինն ուներ — տասն եմ բերել,
Ով տասն ուներ — քըսանն արել...
Շուտով ելե՜ք, եկե՜ք, տարե՜ք,
Ձեր գառն ու ուլ զոմերն արեք:
Տեսավ՝ չեն գալի, դուռ չեն բաց անում,
Ինքն էլ մեկնըվեց քաղքի մեյդանում,
Գըլուխը դըրավ մի քարի՝ մընաց,
Ու մուշ-մուշ քընեց մինչև լուսաբաց:
Լուսին իշխաններ ելան միասին,
Գընացին Ձենով Օհանին ասին.
— Տո՜ Ձենով Օհան, տո՜ մահի տարած,
Էս խենթը բերիր, արիր գառնարած,
Ոչ գառն է ջոկում, ոչ զելն ու աղվես,
Գազանով լըցրեց մեր քաղաքն էսպես,
Աստված կըսիրես՝ դի՜ր ուրիշ բանի,
Թե չէ էս խա՜լխին լեղաճաք կանի:

VII

Ելավ Օհանը, Դավթի մոտ գնաց.
— Հորեղբայր Օհան, հեռ՜ւ եկ, կամա՜ց,
Ուլեր կըփախչեն: — Մին էլ էնտեղից
Մի բոզ նապաստակ, ականջները ցից,

Խրտնեց ու ահից դուրս պրծավ հանկարծ:
Դավիթն էր. ելավ, ետնից ընկած
Էն սարը քշեց, ետ բերավ էս ձոր,
Բերավ, ուլերին խառնեց նորից նոր:
— Օ՜ֆ, ի՜նչ դըժվար է, հորեղբայր Օհան.
Աստված օհնել է էն սև-սև ուլեր,
Ամա բոզալուկ էս ուլեր, որ կան,
Փախչում են, ցըրվում ողջ սարերն ի վեր.
Էնքան եմ երեկ վազել, չարչարվե՜լ,
Մինչև հավաքել ու տուն եմ բերե՜լ…
Նայեց Օհանը, որ Դավթի հագին
Ոտնաման չի էլ մընացել կարգին,
Մահակն էլ մաշվել, մինչ բուռն է հասել,
Մի օրվա միջում էնքան է վազել:
— Դավի՛թ ջան, ասավ, չեմ թողնի էսպես,
Բոզալուկ ուլեր չարչարում են քեզ.
Էգուց նախիրը կըտանես արոտ:
Ասավ Օհանը ու մյուս առավոտ
Գընաց, նորից նոր մեր Դավթի ոտի
Մի ջուխտ նոր տըրեխ բերավ երկաթի,
Երկաթի մի կոռ հարյուր լըդրական
Ու շինեց Սասմա քաղքի նախրապան:

VIII

Քըշեց նախիրը մեր նախրորդ հըսկան,
Ելավ Սասունի սարերն անըրման:
«Է՜յ ջան, սարե՜ր,
Սասման սարե՛ր,
Ի՞նչ անուշ է
Ձեր լանջն ի վեր…»
Որ կանչեց, նըրա ձենից ահավոր
Դըղորդ-դըմբըղըմբոցն ընկավ սար ու ձոր:
Վայրի գազաններ բըներից փախան,
Քարեքար ընկան, դատարկուն եղան:

Դավիթն էր. ընկավ նրանց ետնից,
Որին մի սարից, որին մի ձորից,
Գել, ինձ, առյուծ, արջ, վագըր բռնեց,
Հավաքեց, բերավ, իր նախրին խառնեց
Ու առաջն արավ դեպի Սասմա քաղաք:
Ռռնո՛ց, մըռընչյո՛ւն, աղմո՛ւկ, աղաղա՛կ…
Վախկոտ քաղքըցիք մին էլ ի՛նչ տեսան,
Հենց քաղքի վըրա անհամար գազան…
«Վա՜յ, հարա՜յ, փախե՛ք…»
Մեծեր, երեխեք
Սըրտաճաք եղած,
Գործները թողած
Փախան, ներս ընկան տուն, ժամ կամ խանութ,
Ամուր փակեցին դուռն ու լուսամուտ:
Դավիթը եկավ կանգնեց մեյդանում.
— Վա՜հ, էս քաղքըցիք ի՛նչ վաղ են քընում:
Հե՜յ կովատեր, հե՜յ գոմշատեր,
Ելե՛ք, շուտով բացեք դըռներ,
Ով մինն ուներ — տասն եմ բերել,
Ով տասն ուներ — քըսանն արել:
Շուտով ելե՛ք, եկե՛ք, տարե՛ք,
Ձեր եզն ու կով գոմերն արեք:
Տեսավ՝ չեն գալի, դուռ չեն բաց անում,
Ինքն էլ մեկնըվեց քաղքի մեյդանում,
Գըլուխը դըրավ մի քարի, մընաց,
Ու մուշ-մուշ քընեց մինչև լուսաբաց:
Լուսին իշխաններ ելան միասին,
Գընացին Ձենով Օհանին ասին.
— Ամա՜ն, քեզ մատաղ, ա՜յ Օհան ախպեր,
Մեր եզն ու մեր կով թող մընան անտեր,
Միայն սրանից ազատ արա մեզ:
Ոչ արջն է ջոկում, ոչ գոմեշն ու եզ,
Մի օր էլ քաղքին փորձանք կըբերի,
Արջերոց կանի, կըտա կավերի:

IX

Դավիթ չըղձառավ, մի կըրա՛կ դառավ:
Ճարը կըտըրված՝ Օհանը բերավ
Նետ-աղեղ շինեց ու տըվավ իրեն՝
Գընա, որս անի սարերի վըրեն:
Դավիթ նետ-աղեղն առավ Օհանից,
Հեռացավ Սասմա քաղաքի սահմանից
Ու դառավ որսկան: նաց, մի կորկում
Լոր էր սպանում, ճնճղուկ էր զարկում,
Մըթանը զընում իրեն հոր ծանոթ
Աղքատ, անորդի մի ծեր կընկա մոտ,
Վիշապի նըման, երկա՛ր, ահագի՛ն
Մեկնըվում, քընում կըրակի կողքին:
Մի օր էլ, երբ որ իր որսից դարձավ,
Պառավը վըրեն սաստիկ բարկացավ:
— Վա՛յ Դավիթ, ասավ, մահըս տանի քեզ,
Դո՞ւ պետք է էն հոր զավակը լինե՛ս:
Ձեռից ու ոտից ընկած մի ծեր կին —
Ես եմ ու էն արտն աստըծու տակին,
Ինչո՞ւ ես զընում, տափում, տըրորում,
Իմ ամբողջ տարվան ապրուստը կըտրում:
Թե որսկան ես դու — նետ-աղեղըդ ա՛ռ,
Ծըծմակա զըլխից մինչև Սեղանսար
Քու հերը ձեռին մի աշխարհ ուներ,
Որսով մեջը լի որսի սար ուներ.
Եղնիկ կա էնտեղ, այծյամ ու պախրա.
Կարո՞ղ ես — զընա, էնտեղ որս արա:
— Ի՞նչ ես, ա՛յ պառավ, էլ ինձ անիծում.
Ես ջահիլ եմ դեռ, ես նոր եմ լըսում:
Ո՞րտեղ է հապա սարը մեր որսի…
— Գընա՛, հորեղբայրդ — Օհանը կասի:

X

Հորեղբոր շեմքում մյուս օրը ծեգին
Դավիթը կանգնեց աղեղը ձեռքին:
— Հորեղբա՛յր Օհան, ինչո՞ւ չես ասել՝
Իմ հերը որսի սար է ունեցել,
Այծյամ կա էնտեղ, եղջերու, կըխտար.
Վեր կաց, հորեղբա՛յր, տար ինձ որսասար:
— Վա՜յ, կանչեց Օհան, էդ քու խոսքը չէր,
էդ ով քեզ ասավ, լեզուն պապանձվեր:
Էն սարը, որդի՛, գնաց մեր ձեռից,
Էն սարի որսն էլ գնաց էն սարից,
Էլ չկան այծյամ, եղջերու, կըխտար:
Քանի լուսեղեն քու հերը դեռ կար,
(Է՜յ գիդի օրեր — ո՜րտեղ եք կորել),
Ես շատ եմ էնտեղ որսի միս կերել…
Քու հերը մեռավ, աստված խըռովեց,
Մըսրա թագավոր զորքեր ժողովեց,
Եկավ, մեր երկիր քարուքանդ արավ,
էս սարի որսն էլ թալանեց, տարավ.
Եղնիկը գընաց, եղջերուն գընաց…
Մեր գիրն էլ հալբաթ էսպես էր գրած:
Անցել է, որդի, քու բանին գընա,
Մըսրա թագավոր ձենըդ կիմանա…
— Մըսրա թագավոր ինձ ի՞նչ կանի որ…
Ես ի՞նչ եմ հարցնում Մըսրա թագավոր.
Մըսրա թագավոր թող Մըսըր կենա,
Իմ հոր սարերում ի՞նչ գործ ունի նա…
Վեր կաց, հորեղբա՛յր, նետ-աղեղդ առ,
Կապարճըդ կապի՛ր, գընանք որսասար:
Ելավ Օհանը ճարը կըտըրված,
Գընացին տեսան՝ էլ ի՜նչ որսասար.
Անտառը ջարդած, պարիսպն ավերած,
Բուրգերը արած գետնին հավասար…

XI

Գիշերը հասավ, մընացին էնտեղ:
Ձենով Օհանն էր, իր նետն ու աղեղ
Դըրավ գլխի տակ, հանգիստ խըռըմփաց.
Դավիթը մնաց մտքի ծովն ընկած:
Մին էլ նկատեց, որ մութը հեռվում
Մի թեժ, փայլփլուն կըրակ է վառվում:
Էն լուսը բըռնած՝
Վեր կացավ, գնաց,
Գընաց ու գընա՜ց, բարձրացավ մի սար,
Բարձրացավ, տեսավ մի մեծ մարմար քար
Կիսից պատըռված,
Ու միջից վառված
Բըխում է լուսը պա՜րզ, քուլա-քուլա՜,
Բարձրանում, իջնում ետ քարի վրրա:
Վար իջավ Դավիթ էնտեղից կըրկին,
Վար իջավ, կանչեց Ձենով Օհանին.
— Ե՜լ, էն պայծառ լուսը մի տես:
Լուս է իջել բարձըր սարին,
Բարձըր սարին, մարմար քարին:
Ե՜լ, հորեղբայր, անուշ քընից.
Էն ի՞նչ լուս է բըխում քարից:
Ելավ, խաչ քաշեց Օհանն երեսին.
— Է՜յ, որդի՜, ասավ, մեռնեմ իր լուսին,
Էն մեր Մարութա սարն է զորավոր:
Էն լուսի տեղը կանգնած էր մի օր
Սասմա ապավեն, Սասմա պահապան
Մեր սուրբ Տիրամոր վանքը Չարխափան:
Մըշտական, երբ որ կըռիվ էր գընում,
Էնտեղ էր քու հերն իր աղոթքն անում:
Քու հերը մեռավ, աստված խըռովեց,
Մըսրա թագավոր զորքեր ժողովեց,
Մեր վանքն էլ եկավ քանդեց էն սարում,
Բայց դեռ սեղանից լուս է բարձրանում…

XII

Դավիթը էս էլ երբ որ իմացավ,
— Անո՛ւշ հորեղբայր, հորեղբա՛յր ասավ,
Որբ եմ ու անտեր աշխարքի վրրա,
Հեր չունեմ՝ դու ինձ հերություն արա՛։
Էլ չեմ իջնի ես Մարութա սարից,
Մինչև չըշինեմ մեր վանքը նորից։
Քեզանից կուզեմ հինգ հարյուր վարպետ,
Հինգ հազար բանվոր մըշակ նըրանց հետ,
Որ գան՝ էս շաբաթ կանգնեն ու բանեն,
Առաջվան կարգով մեր վանքը շինեն։
Գընաց Օհանը ու բերավ իր հետ
Հինգ հազար բանվոր, հինգ հարյուր վարպետ։
Վարպետ ու բանվոր եկան կանգնեցին,
Չըրը՛խկ հա թըրը՛խկ նորից շինեցին,
Առաջվան կարգով, փառքով փառավոր
Բարձըր Մարութա վանքը Տիրամոր։
Ցըրված միաբանք ետ նորից եկան,
Նորից թընդացին աղոթք, շարական.
Ու երբ շեն արավ հոր վանքը նորից,
Ձած իջավ Դավիթ Մարութա սարից։

XIII

Համբավը տարան Մըսրա Մելիքին.
— Հապա՛ չես ասիլ՝ Դավիթը կրկին
Հոր վանքը շինել, իշխան է դառել,
Դու օխտը տարվան խարջը չես առել։
Մելիք զայրացավ.
— Գընացե՛ք, ասավ,
Բաղին, Կոզբաղին,
Սյուղին, Չարխաղին,
Սամա քար ու հող տակն ու վեր արեք,
Իմ օխտը տարվան խարաջը բերեք։

Քառսուն կույս աղջիկ բերեք արմաղան,
Քառսուն կարճ կընիկ, որ եկանք աղան,
Քառասունն էլ երկար, որ ուղտեր բառնան,
Իմ տանն ու դըռան դարավաշ դառնան:
Ու Կոզբադին առավ զորքեր.
— Գըլխի՛ս վըրա, ասավ, իմ տեր.
Գընամ հիմի քանդեմ Սասուն,
Կանայք բերեմ քառսուն-քառսուն,
Քառսուն բեռնով դեղին ոսկի,
Տեղը ջընջեմ հայոց ազգի:
Ասավ, Մըսրա աղջիկ ու կին
Պար բըռնեցին ու երգեցին.
Մեր Կոզբադին գընաց Սասուն,
Կանայք բերի քառսուն-քառսուն,
Քառսուն բեռնով ոսկի բերի,
Մեր ճակատին շարան շարի,
Կարմիր կովեր բերի կըթան՝
Գարնան շինենք եղ ու չորթան:
Ջա՛ն Կոզբադին, քաջ Կոզբադին,
Սասմա Դավթին զարկեց գետին:
Ու Կոզբադին փըքված, ուռած,
— Շնորհակալ եմ, քո՛ւյրեր, գոռաց,
Մինչև գալըս դեռ համբերեք,
Էն ժամանակ պիտի պարեք…

XIV

Էսպես երգով,
Զոռով-զորքով
Գոռ Կոզբադին մըտավ Սասուն.
Օհան լըսեց՝ կապվեց լեզուն:
Աղ ու հացով,
Լաց ու թացով
Առաջն ելավ,
Խընդիրք արավ.

— Ինչ որ կուզես՝ առ, տա՛ր, ամա՛ն.
Վարդ աղջիկներ, կանայք Սասման,
Դառը դաղած դեղին ոսկին,
Միայն թե զըթա մեր խեղճ ազգին,
Մի՛ կոտորիր, մի՛ տար մահու,
Վերն՝ աստված, ներքևը՝ դու…
Ասավ, բերավ շարան-շարան
Վարդ աղջիկներ, կանայք Սասման:
Ու Կոզբադին կանգնեց, ջոկեց,
Մարագն արավ, դուռը փակեց,
Քառսուն կույս աղջիկ, սիրուն, արմաղան,
Քառսուն կարճ կընիկ, որ երկանք աղան,
Քառսուն էլ երկար, որ ուղտեր բառնան,
Մըսրա Մելիքին դարավաշ դառնան:
Դեզ-դեզ կիտեց դեղին ոսկին.
Մև սուգ կալավ հայոց ազգին:

XV

Հե՜յ, ո՞ւր ես, Դավի՛թ, հայոց պահապան,
Քարը պատռըվի-դո՛ւրս արի մեյդան:
Քանդած հոր վանքը որ շինեց նորից,
Ցած իջավ Դավիթ Մարութա սարից,
Ժանգոտած, անկոթ մի շեղբիկ գըտավ,
Գընաց՝ պառավի շաղգամը մըտավ:
Պառավն էր. եկավ՝ անե՜ծք, աղաղա՜կ.
— Վա՜յ, խելա՛ռ Դավիթ, շաղգամի տեղակ
Դու կըրակ ուտես, ցավ ուտես, ասավ,
Քու աչքն աշխարքում մենակ ի՞նձ տեսավ.
Կորեկըս արիր գետնին հավասար,
Էս էր մընացել ձըմեռվան պաշար,
Էս էլ կըտրում ես,
Էլ ո՞նց ապրեմ ես:
Թե կըտրիճ ես դու, աղեղդ ա՛ռ զընա՛,
Քու հոր աշխարքին տիրություն արա՛,

Քու հոր զանձը կե՛ր,
Թողել ես անտեր,
Մըսրա թագավոր մեր ի՞նչն է տանում:
— Մըսրա թագավոր քու աչքն է հանում,
Դանդալոշ Դավիթ. ղըրկել է իրեն,
Եկել են Սասմա քաղաքի վըրեն
Բաղին, Կոզբաղին,
Սյուղին, Չարխաղին,
Թալան են տալիս բովանդակ Սասուն.
Քառսուն բեռ ոսկի խարաջ են ուզում,
Քառսուն կույս աղջիկ սիրուն, արմաղան,
Քառսուն կարճ կընիկ, որ երկանք աղան,
Քառսուն էլ երկար, որ ուղտեր բառնան,
Մըսրա Մելիքին ղարավաշ դառնան:
— Ի՞նչ ես, ա՛յ պառավ, էլ ինձ անիծում.
Ցույց տուր մի տեսնեմ — որտե՞ղ են ուզում:
— Որտեղ են ուզում… Մահըս տանի քե՛զ.
Դո՛ւ պետք է էն հոր զավակը լինե՛ս…
Եկել ես՝ էստեղ շաղգամ ես լափում…
Ոսկին Կոզբաղին ձեր տանն է չափում,
Աղջիկներ փըլեկ մարազն են լըցրած:
Շաղգամը թողեց Դավիթ ու գնաց:
Տեսավ՝ Կոզբաղին իրենց տան միջին,
Թափում է ոսկին թեղած առաջին,
Սյուղին, Չարխաղին պարկերն են բըռնել,
Ձենով Օհանն էլ շըլինքը ծըռել,
Կանգնել է հեռու, ձեռները ծոցին:
Տեսավ, աչքերը արնով լըցվեցին:
— Վե՛ր կաց, Կոզբաղին, հեռո՛ւ կանգնիր դու,
Իմ հոր ոսկին է — ես եմ չափելու:
— Կոզբաղին ասավ. — Է՛յ, Ձենով Օհան,
Կըտաս — տո՛ւր խարջը էս օխտը տարվան,
Թե չէ՝ կըգնամ, միրուքըս վըկա,
Մըսրա-Մելիքին կը պատմեմ, կըգա,

Ձեր Սասմա երկիր քար ու քանդ կանի,
Տեղը կըվարի, բոստան կըցանի:
— Կորե՛ք, անզգամ դուք Մըսրա շներ,
Բա չե՞ք իմացել դուք Սասմա ծըռեր…
Մեռա՞ծ եք կարծում դուք մեզ, թե՞ շըվա՛ք,
Կուզեք մեր երկիր դընեք խարջի տա՛կ…
Բարկացավ Դավիթ, չափը շըպըրտեց,
Տըվավ Կոզբադնի գըլուխը ջարդեց,
Չափի փըշրանքը պատն անցավ, գընաց,
Մինչև օրս էլ դեռ գընում է թըռած:
Ու ելա՝ն թափած ոսկին թողեցին,
Հայոց աշխարքից փախան գընացին
Բադին, Կոզբադին,
Սյուդին, Չարխադին:

XVI

Վա՛յ, վա՛յ, հորեղբա՛յր, ի՞նչասեմ ես քեզ.
Մենք ունենք էստեղ դեղին ոսկու դեզ,
Դու արել ես ինձ քաղաքի ծառան,
Դու թողել ես ինձ օտարի դըռան…
Հորեղբայրն ասավ. — Ա՛յ խենթ, խելագար,
Ոսկին պահել եմ Մելիքի համար,
Որ քաղցըր լինի աչքը մեզ վըրա:
Չըտըվիր, հիմի որ զորք առնի՝ գա,
Սասմա քար ու հող հեղեղի, տանի,
Ո՞վ դեմը կերթա, ո՞վ կըռիվ կանի:
— Դու կա՛ց, հորեղբա՛յր, թող գա, ե՛ս կերթամ,
Կերթամ, ե՛ս նըրան պատասխան կըտամ:
Ու մութ մարագի դըռանը զարկեց,
Փակած աղջիկներ հանեց, արձակեց:
— Գընացե՛ք, ասավ, ազատ ապրեցե՛ք,
Սասունցի Դավթին արև խընդրեցեք:

XVII

Էսպես ջարդված, արյունլըվա
Փախան, ընկան հողը Մըսրա
Բադին, Կոզբադին,
Սյուդին, Չարխադին:
Մըսրա կանայք հեռվից տեսան,
Հեռվից տեսան, ուրախացան
Ու ծափ տըվին կըտերներին.
— Եկա՛ն, եկա՛ն, բերի՛ն, բերի՛ն.
.. Մեր Կոզբադին գնաց Սասուն,
Կանայք բերավ քառսուն-քառսուն,
Կարմիր կովեր բերավ կըթան՝
Գարնան շինենք եղ ու չորթան…
Հենց մոտեցան, նըկատեցին,
Ծափ ու խնդում ընդհատեցին,
Քըրքըջացին
Ու կանչեցին.
— Է՜յ, Կոզբադին մեծաբերան,
Էդ որտեղի՞ց լերան-լերան,
Լերան-լերան կըզաս փախած,
Հաստ գըլուխըդ կիսից ճըղած:
Էն դո՞ւ չասիր՝ գընամ Սասուն,
Կանայք բերեմ քառսուն-քառսուն,
Քառսուն բեռնով ոսկի հանեմ,
Հայոց երկիր ավեր անեմ:
Գացիր Սասուն քանց գէլ գազան,
Ետ ես գալի քանց շուն վազան…
Ու Կոզբադին խիստ բարկացավ.
— Սո՛ւս կացեք դուք, լըրբե՛ր, ասավ.
Ձեր մարդիկն եք տեսել դուք դեռ,
Դուք չեք տեսել Սասմա ծըռեր:
Սասմա ծըռեր լերան-լերան,
Նետեր ունեն մի-մի գերան.
Սասմա երկիր քար ու կապան,

Դըժար սարեր, ձոր ու ծապան.
Նըրանց խոտեր — ինչպես կեռ թուր,
Զորք ջարդեցին երեք հարյուր…
Ասավ ու էլ չառավ դադար,
Վըռազ-վըռազ, գըլխապատառ
Վազեց իրեն թագավորին:
Խըրնդաց թագվորն իր աթոռին:
— Ապրե՛ս, ապրե՛ս, քաջ Կոզբադին,
Արժե՝ կախեմ ես քու ճըտին
Մեր դուզղունի մեծ նըշանը —
Պարգև քու մեծ հաղթության:
Ո՞ւր են, հապա առաջըս բեր
Սասմա ոսկին ու աղջիկներ:
Ասավ Մելիք, ու Կոզբադին
Գըլուխ տըվավ մինչև գետին.
— Ապրա՛ծ կենաս, մեծ թագավոր,
Զոռով փախա ես ձիավոր,
Ո՞նց բերեի Սասմա ոսկին:
Մի խենթ ծընվեց հայոց ազգին,
Ոչ աh գիտի, ոչ տեր ու մեծ,
Գըլուխըս էապես տըվավ ջարդեց.
«Չե՛մ տալ, ասավ, իմ հոր ոսկին,
Չեմ տալ կանայք իմ հայ ազգին,
Սասմա երկիր ձեզ տեղ չըկա…
Քո թագավոր, ասավ թո՛ղ գա,
Թող գա՝ ինձ հետ կըռիվ անի,
Թե դոչաղ է՝ զոռով տանի»:
Կատաղեց, փըրփըրեց Մըսրա թագավոր.
— Կանչեցե՛ք, ասավ, իմ զորքը բոլոր.
Հազար հազար մարդ նորելուկ մանուկ,
Հազար հազար մարդ անբեղ, անմորուք,
Հազար հազար մարդ բեղը նոր ծըլած,
Հազար հազար մարդ նոր թախտից ելած,
Հազար հազար մարդ թուխ միրուքավոր,

Հազար հազար մարդ սիպտակ ալևոր,
Հազար հազար մարդ որ փողեր հընչէն,
Հազար հազար մարդ, որ թըմբուկ զարկեն…
Կանչեցե՛ք, թող գան, հագնեն զե՛նք, զըրա՛հ,
Կըռիվ տի գընամ ես Դավթի վըրա,
Սասունն ավիրեմ,
Հեղեղեմ, բերեմ:

XVIII

Էսպես անհամար զորքեր հավաքեց,
Եկավ Սասմա դաշտ, բանակը զարկեց
Ու ծանըր նըստեց Մըսրա թագավոր:
Էնքան ահագին բազմությունն էն օր
Բաթմանա ջըրին եկավ ու չոքեց,
Ով եկավ, խըմեց — գետը ցամաքեց,
Սասմա քաղաքում մընացին ծարավ:
Ձենով Օհանին զարմանքը տարավ:
Քուրքը ուսն առավ, սարը բարձրացավ.
Սարը բարձրացավ, տեսավ, ի՛նչ տեսավ:
Ճերմակ վըրանից դաշտը ճերմակել,
Ասես՝ էն գիշեր ձըմեռը եկել,
Սպիտակ ձյունով պատել էր Սասուն:
Լեղին ջուր կտրեց, կապ ընկավ լեզուն,
Հարա՛յ կանչելով՝ փախավ տուն ընկավ.
— Վա՛յ, փախե՛ք, եկա՛վ… հա՛յ, հարա՛յ, եկավ…
— Ինչը՞ հորեղբա՛յր, ի՞նչը, ի՞նչն եկավ…
— Ցավն ու կըրա՛կը Դավթի պինչն եկավ:
Մըսրա թագավոր ելել է, եկել,
Եկել, մեր դաշտին բանակ է զարկել.
Թիվ կա աստղերին, թիվ չկա զորքին…
Վա՛յ մեր արևին, վա՛յ մեր աշխարհքին…
Ե՛կ, ոսկին տանենք, աղջիկներ տանենք,
Չոքենք առաջին, պաղատանք անենք,
Գուցե թե զըթա,

Մեզ սըրի չտա…
— Դու կա՛ց, հորեղբայր, դու դարդ մի՛ անիր..
նա՛, քու օդում դու հանգիստ քընիր.
Հիմի ես կելնեմ Սասմա դաշտ կերթամ,
Մըսրա-Մելիքին պատասխան կըտամ:
Ու գընաց Դավիթ ծանոթ պառավին.
— Նանի ջա՛ն, ասավ, ժանգոտած ու հին
Երկաթի կըտոր, անթարոց, շամփուր,
Ինչ ունես, չունես, հավաքի՛ր, ինձ տուր,
Մի էշ էլ գըտիր, որ վըրեն նըստեմ,
Կըռիվ տի գընամ Մըսրա զորքի դեմ:
— Վա՛յ, Դավի՛թ, ասավ, մահըս տանի քեզ.
Դո՞ւ պետք է էն հոր զավակը լինե՛ս…
Քու հերըն ուներ կըռվի համար
Հըրեղեն ձի, ոսկի քամար,
Ծալ-ծալ կապեն, գուռզը պողպատ,
Թամբ սադափեն, կուռ սաղավարտ,
Խաչ պատրաստին իր աջ բազկին,
Զըրահ շապիկ, Թուր-Կեծակին,
Դու եկել ես ա՛յ խենթ ու ծուռ,
Ինձնից կուզես էշ ու շամփո՛ւր…
— Ամա՛ն, նանի՛, չեմ լըսել դեռ:
Ո՛ւր են հիմի իմ հոր զենքեր:
— Հորեղբորըդ գընա հարցուր.
Ո՞ւր են, ասա, հանի՛ր, բեր, տուր:
Բան է, թե որ չըտա սիրով,
Աչքը հանիր՝ խըլիր զոռով:

XIX

Դավիթ գընաց հորեղբոր մոտ.
— Է՛յ հորեղբայր, կանչեց հեռուտ,
Իմ հերն ուներ կռվի համար
Հրեղեն ձի, ոսկի քամար,
Ծալ-ծալ կապեն գուռզը պողպատ,

Թամբ սաղափեն, կուռ սաղավարտ,
Խաչ պատրաստին իր աջ բազկին,
Զըրահ շապիկ, Թուր-Կեծակին,
Կըտաս — բեր տուր...
— Վա՜յ Դավիթ ջա՜ն,
Ահից գոռաց Ձենով Օհան.
Քո հոր մահվան տարուց-օրից
Դուրս չեմ հանել ձին ախոռից,
Ոչ սընդուկից Թուր-Կեծակին,
Զըրահ շապիկ, ոսկի գոտին...
Ինձ թող ամա՜ն, մի՜ սպանիր,
Կուզես — հըրեն, զընա հանի՜ր:

XX

Հագավ Դավիթ զենքն ու զըրահ,
Կապեց գոտին, Թուր-Կեծակին,
Խաչն էլ իր հաղթ բազկի վըրա,
Ելավ, հեծավ Աոյուծ հոր ձին,
Հոր ձին հեծավ ու մըտրակեց.
Ձենով Օհան լալով երգեց.
— Ափսո՜ս, հազա՜ր ափսոս հըրեղեն մեր ձին,
Ա՜խ, հըրեղեն մեր ձին.
Ափսո՜ս, հազա՜ր ափսոս մեր ոսկի գոտին.
Ա՜խ, մեր ոսկի գոտին.
Ափսո՜ս թանկ կապեն, որ հազին տարավ,
Ա՜խ, որ հազին տարավ...

Դավիթ բարկացավ,
Ձին քշեց, դարձավ,
Օհանը վախեց,
Իր երգը փոխեց.
«Ափսո՜ս, նորելուկ Դավիթըս կորավ,
Ա՜խ, Դավիթըս կորավ»:
Էս որ իմացավ,

Դավիթ մեղմացավ,
Իջավ, Օհանի ձեռքը համբուրեց:
Ձենով Օհանն էլ, ինչպես հայր ու մեծ,
Օրհնեց, խրրատեց նրրան հայրաբար,
Դեպի Սասմա դաշտ դրրավ ճանապարհ:

XXI

Սասունցի Դավթին ուներ մի քեռի,
Անունը Թորոս, ահեղ աժդահա:
Սա էլ իմացավ համբավը կռվի,
Մի բարդի ուսին գալիս է ահա:
Գալիս է՝ հեռվից բարձրր գոռալով.
— Ի՞նչ եք վեր եկել էս դաշտի միջում,
Քանի գլխանի մարդիկ եք կամ ո՞վ,
Սասունցի Դավթին որ չեք ճանաչում...
Բա չե՞ք իմանում, որ էստեղ է նա
Գալու՝ խաղացնի իր ձին թևավոր.
Չրքվեցե՛ք, հիմի ուր որ է կրգա,
Եկել եմ սրրբեմ մեյդանը էսօր:

Ասավ ու քաշեց իր ուսի բարդին,
Սրրբեց բանակից մի քրսան վրրան...
Դավիթն էլ ահա սարի գագաթին
Կանգնած՝ գոռում է վիշապի նրման.

— Ով քրնած եք՝ արթուն կացե՛ք,
Ով արթուն եք՝ ելե՛ք, կեցե՛ք,
Ով կեցել եք՝ զենք կապեցե՛ք,
Զենք եք կապել՝ ձի թամբեցե՛ք,
Ձի եք թամբել՝ ելե՛ք, հեծե՛ք,
Հետո չասեք՝ թե մենք քրնած —
Դավիթ գող-գող եկավ, գրնաց...
Էսպես կանչեց ասպանդակեց,
Ու, ինչ ամպից կեծակ զարկի,

Մըսրա զորքի մեջտեղ զարկեց,
Շողացնելով Թուր-Կեծակին:
Զարկեց, փըշրեց մինչև կեսօր.
Կեսօր արինն ելավ հեղեղ,
Քըշեց, տարավ հազարավոր
Մարդ ու դիակ ողջ միատեղ:
Կար զորքի մեջ մի ալևոր,
Աշխարք տեսած ու բանագետ.
— Տըղե՛րք, ասավ, ճամփա տըվեք,
Գընամ խոսեմ ես Դավթի հետ:
Գընաց՝ կանգնեց Դավթի առաջ,
Էսպես խոսեց էն ծերունին.
— Դալար կենա՛, կուռըղ, ո՛վ քաջ,
Սուրըդ կըտրուկ միշտ քո ձեռին:
Մի ծերունուս խոսքին մըտիկ,
Տե՛ս, քու խելքը ինչ է կըտրում:
Ի՞նչ են արել քեզ էս մարդիկ,
Հե՞ր ես սըրանց դու կոտորում:
Ամեն մինը մի մոր որդի,
Ամեն մինը մի տան ճըրագ,
Որը կինն է թողել էնտեղ
Աչքը ճամփին, խեղճ ու կըրակ:
Որը մի տուն լիք մանուկներ,
Որը ծնող աղքատ ու ծեր,
Որը լացով քողն երեսին
Նորապըսակ ջահել հարսին…
Թագավորը զոռով-թըրով
Հավաքել է, էստեղ բերել:
Խեղճ մարդիկ ենք՝ պակաս օրով,
Մենք քեզ վընաս ի՞նչ ենք արել:
Թագավորն է քու թըշնամին,
Կըռիվ ունես — իր հետ արա,
Հե՞ր ես քաշում Թուր-Կեծակին
Էս անճարակ խալխի վըրա:
— Լավ ես ասում դու, ծերունի՛,

Ասավ Դավիթն ալևորին,
Բայց թագավորն ո՞ւր է հիմի,
Որ սև կապեմ նըրա օրին:
— Մեծ վըրանում քընած է նա,
Է՛ն, որ միջից ծուխը կելնի.
Էն ծուխն էլ հո ծուխ չի որ կա,
Գոլորշին է իր բերանի:
Ասին. դեպի մեծ վըրանը
Ասպանդակեց Դավիթն իր ձին,
Քըշեց, գընաց ու դըռանը
Գոռաց կանգնած արաբներին.
— Ո՞ւր է, ասավ, ի՞նչ է կորել,
Դուրս կանչեցե՛ք, գա ասպարեզ,
Թե մահ չունի՝ մահ եմ բերել,
Գըրող չունի՝ գըրողն եմ ես…
— Մելիքն, ասին, քուն է մըտել,
Օխտը օրով պետք է քընի.
Երեք օրն է դեռ անցկացել,
Չորս օր էլ կա, քունը առնի:
— Ի՛նչ, բերել է աղքատ ու խեղճ
Խալխին լըցրել ծովն արյունի,
Ինքը մըտել վըրանի մեջ՝
Օխտը օրով հանգիստ քընի՜…
Քընել-մընել չեմ հասկանում,
Վե՛ր կացրեք շո՛ւտ, դուրս գա մեյդան,
Էնպես դըրան ես քընացնեմ,
Որ չըզարթնի էլ հավիտյան:
Ելան՝ մարդիկ ճարահատված
Շամփուր դըրին թեժ կըրակին
Ու զարկեցին խոր մըրափած
Մըսրա-Մելքի բաց կըրնկին:
— Օ՜ֆ, էլ հանգիստ քուն չունի մարդ
Էս անիծված լըվի ձեռից,
Խոր մըռընչաց հըսկան հանդարտ
Ու շուռ եկավ, քընեց նորից:

Ելան, բերին մեծ գութանի
Խոփը՝ դրրին թեժ կըրակին,
Ու կաս-կարմիր, կեծկըծալի,
Շիկնած տըվին մերկ թիկունքին։
— Օ՜ֆ, էլ հանգիստ քուն չունի մարդ
Էս անիրավ մոծակներից,
Աչքը բացավ հըսկան հանդարտ,
Ուզում էր ետ քընել նորից։
Տեսավ Դավթին։ լուխն ահեղ
Վեր բարձրացրեց մըռընչալով,
Փըչեց վըրեն, որ թըռցընի
Էն աժդըհին մի փըչելով։
Տեսավ, տեղից ժաժ չի գալի,
Զարմանքն ու ահ պատեց հոգին։
Արնոտ աչքերն ըսպառնալի
Հառեց խոժոռ Դավթի աչքին։
Նայեց թե չէ, զգաց՝ իր մեջ
Տասը գոմշի ուժ պակասեց։
Պառկած տեղից վրա նստեց
Ու ժպտալով հետը խոսեց.
— Բարո՛վ, Դավի՛թ, հոգնած ես դեռ,
Ե՛կ, մի նստի՛ր, խոսենք կարգին,
Հետո դարձյալ կըռիվ կանենք,
Եթե կըռիվ կուզես կըրկին…
Իր վըրանում բըռնակալը
Քառսուն գազ խոր հոր էր փորել,
Ցանցով փակել մութ բերանը,
Վըրեն փափուկ խալի փըռել։
Ում որ հաղթել չէր կարենում,
Շողոմելով կանչում էր նա,
Նըստեցնում էր իր վըրանում
Էն կորստյան հորի վըրա։
Իջավ Դավիթ ձիուցը ցած,
Գընաց նըստեց… ընկավ հորը.
— Հա՜, հա՜, հա՜ հա, քահ-քահ խընդաց

Մըսրա դաժան թագավորը:
— Դե, թող հիմի գընա՝ խավար
Հորում փըթի, էնքան մընա:
Ու ահագին մի ջաղացքար
Բերավ, դըրավ հորի վըրա:

XXII

Քընեց էն գիշեր Ձենով Օհանը:
Գիշերն երազում երնաց ծերին՝
Մըսրա երկընքում արև ճառագած,
Սև ամպ էր պատել Սասմա սարերին:

Սաստիկ վախեցած վեր թըռավ տեղից:
— Վա՜յ, կընի՜կ, ասավ, մի ճըրագ արա՛,
Գընա՜ց մեր անփործ Դավիթը ձեռից,
Սև ամպ էր իջել Սասունի վըրա:

— Հողե՜մ գըլուխդ, ասավ կընիկը,
Ո՜վ գիտի՝ Դավիթն ո՛ւր է քեֆ անում…
Դու էլ քեզ համար քու տանը ընկած՝
Ուրիշի համար երազ ես տեսնում:

Քընեց Օհանը: Վերկացավ դարձյալ.
— Կընի՛կ, Դավիթը նեղ տեղն է ընկած.
Մըսրա վառ աստղը շողում էր պայծառ.
Մեր աստղը հիվանդ ցոլքում դալկացած:

— Ի՞նչ եղավ քեզ, մա՛րդ, գիշերվան կիսին.
Բարկացավ վըրեն կընիկըն աղմուկով:
Խաչ քաշեց էլ ետ Օհանն երեսին,
Շուռ եկավ, քընեց խըռոված հոգով:

Մի ուրիշ պատկեր ավելի ահեղ.
Տեսավ՝ երկընքի բարձըր կամարում

Վառվում էր մըսրա աստղը փառահեղ,
Սասմա աստղիկը սուզվեց խավարում։

Զարթնեց վախեցած։ — Տունդ քանդվի, կի՛ն։
Ես ո՛նց լըսեցի քու էդ կարճ խելքին.
Կորավ մեն-մենակ մեր ջահելն անտեր.
Վե՛ր կաց, շո՛ւտ արա, զենքերըս մի բե՛ր…

XXIII

Ելավ Օհան, գոմը մըտավ,
Զարկեց ճերմակ ձիու մեջքին.
— Է՛յ, ճերմակ ձի, մինչ ե՞րբ, ասավ,
Կըհասցընես Դավթի կըռվին։

«Մինչև լուսը կըհասցնեմ»։
Ու ձին տըվավ փորը գետին.
— Մեջքըդ կոտրի՛, լուսն ի՞նչ անեմ.
Լաշին հասնեմ ես, թե՞ նաշին։

Կարմիր ձիու մեջքին զարկեց.
Սա էլ երետ փորը գետին.
— Ջա՛ն կարմիր ձի, մինչ ե՞րբ դու ինձ
Կըհասցընես Դավթի կըռվին։

«Մի ժամի մեջ, կարմիրն ասավ,
Կըհասցընեմ Դավթի կըռվին»։
— Լեղի դառնա, սև մահ ու ցավ,
Ինչ տըվել եմ քեզ՝ էն գարին։

Հերթը եկավ սևին հասավ.
Գետին չերետ փորը սև ձին։
— Է՛յ, ջան Սևուկ, մինչ ե՞րբ, ասավ,
Կըհասցընես Դավթի կըռվին։

«Եթե ամուր մեջքիս մընաս,
Ոտըդ դընես ասպանդակին,
Մինչև մեկել ոտըդ շուռ տաս,
Կըհասցընեմ», ասավ սև ձին:

XXIV

Սև ձին քաշեց Ձենով Օհան,
Ձախը դըրավ ասպանդակին,
Աջն էլ մինչև շուռ տար վըրան.
Կանգնեց Սասմա սարի գըլխին:

Տեսավ՝ Դավթի նըժույգն անտեր
Սարերն ընկած խըրխընջալով,
Ներքև Մըսրա զորքը չոքած,
Ինչպես անծեր ծըփուն մի ծով:

Օխտը գոմշի կաշի հագավ,
Որ չըպատռի իրեն զոռից,
Կանգնեց Օհան ամպի նըման
Գոռաց Սասմա սարի ծերից:

— Հե՜յ-հե՜յ, Դավի՜թ, որտե՞ղ ես դու.
Հիշի՜ր խաչը քո աջ թևի,
Սուրբ Տիրամոր անունը տո՜ւր,
Ու դուրս արի լույսն արևի...

Ձենը գընաց դըմբըդըմբալով
Դավթի ականջն ընկավ հորում.
— Հա՜յ-հա՜յ, ասավ, հորեղբայրս է,
Սասմա սարից ինձ է գոռում:

Ո՜վ Մարութա Աստվածածին,
Ո՜վ անմահ խաչ պատարագի,

Զե՛զ եմ կանչել, — հասե՛ք Դավթին…
Կանչեց, տեղից ելավ ոտքի,

Էնպես զարկեց ջաղացքարին՝
Քարը եղավ հազար կըտոր,
Կըտորները երկինք թըռան,
Ու զնում են մինչև էսօր:
Ելավ նորից, կանգնեց ահեղ,
Սարսափ կալավ դև Մելիքին:
— Դավիթ ախպեր, ե՛կ դեռ էստեղ,
Մեղան նըստե՛նք, խոսենք կարգի՛ն…

— Էլ չեմ նըստիլ ես քու հացին,
Դու տըմարդի, վախկոտ ու նենգ.
Տո՛ւր, զենքըդ առ, հեծիր քու ձին,
Դո՛ւրս եկ մեյդան, կըռիվ անենք:

— Կըռիվ անենք, ասավ Մելիք,
Իմն է միայն զարկն առաջին:
— Քոնն է, զարկի՛ր, կանչեց Դավիթ,
Գընաց, կեցավ դաշտի միջին:

Ելավ, կանգնեց Մըսրա-Մելիք,
Իր գուրզն առավ, հեծավ իր ձին,
Քըշեց, գընաց մինչ Դիարբեքիր
Ու էնտեղից եկավ կըրկին:

Երեք հազար լիդր էր քաշում
Հըսկայական իր մըկուլնդը.
Եկավ, զարկեց. կորավ փոշում
Ու երերաց երկրի գունդը:

— Երկիր քանդվեց կամ ժաժք եղավ,
Ասին մարդիկ շատ աշխարքում:

— Չէ՛, ասացին, արնի ծարավ
Հըսկաներն են իրար զարկում։

— Մեռավ Դավիթ էս մի զարկից,
Ասավ Մելիք իրեն զորքին։
— Կենդանի ե՛մ, ամպի տակից
Գոռաց Դավիթ Մըսրա-Մելքին։

— Հա՛յ-հա՛յ, մոտիկ տեղից եկա,
Տե՛ս, ո՛րտեղից հիմի կըգամ։
Ու վերկացավ, կանգնեց հըսկան,
Իր ձին հեծավ երկրորդ անգամ։

Երկրորդ անգամ քըշեց Հալաբ
Ու բաց թողեց ձին Հալաբից.
Բուք վեր կացավ, տեղ ու տարափ,
Արար աշխարհ դողաց թափից։

Եկավ, զարկեց. զարկի ձենից
Մոտիկ մարդիկ ողջ խըլացան։
— Գընա՛ց Դավիթ Սասմա տանից,
Գուժեց զոռոզ Մըսրա արքան։

— Կենդանի՛ եմ, կանչեց Դավիթ,
Մին էլ արի՛ — հերթն ինձ հասավ։
— Հա՛յ-հա՛յ, մոտիկ տեղից եկա,
Կանչեց Մելիք ու վեր կացավ։

Երրորդ անգամ հեծավ իր ձին,
Գընաց մինչև հողը Մըսրա,
Ու էնտեղից զուրզը ձեռին
Քըշեց, եկավ Դավթի վըրա։

Եկավ, զարկեց բոլոր ուժով,

Ծանըր զարկով իըսկայական.
Փոշին ելավ Սասմա դաշտից,
Բըռնեց երեսն արեգական:

Երեք գիշեր ու երեք օր
Փոշին կանգնեց ամպի նըման,
Երեք գիշեր ու երեք օր
Բոթը տըվին Դավթի մահվան:

Երբ որ անցավ երեք օրը,
Էն ամպի պես կանգնած փոշում
Կանգնեց Դավիթ, ինչպես սարը,
Գըրգուռ սարը մեգ-մըշուշում:

— Մելի՛ք, ասավ, ո՞ւմն է հերթը:
Սարսափ կալավ զոռ Մելիքին,
Մահվան դողը ընկավ սիրտը
Ու տապ արավ զոռոզ հոգին:

Գընաց, խորունկ մի հոր փորեց,
Իջավ, մըտավ վիհն էն խավար,
Վըրեն քաշեց քառսուն կաշի
Ու քառասուն ջաղացի քար:

Մըռընչալով ելավ տեղից
Էն առյուծի առյուծ որդին,
Իր ձին հեծավ ու փոթորկեց,
Խաղաց, շողաց Թուր-Կեծակին:

Առաջ վազեց մազերն արձակ
Մելքի պառավ մայրը ջադու.
— Դավի՛թ, մազըս ա՛ռ ոտիդ տակ,
Էդ մի զարկը ի՛նձ բաշխիր դու:

Երկրորդ անգամ թուրը քաշեց.
Էս անգամ էլ եկավ քուրը.
Դավի՛թ, եթե կուզես, կանչեց,
Իմ սըրտին զա՛րկ երկրորդ թուրը…

Վերջին զարկի ժամը հասավ,
Ելավ Դավիթ երրորդ անգամ.
— Էս մի զարկն ու աստված, ասավ,
Էլ մարդ չըզգա, պետք է որ տամ:

Ասավ, ելավ ու փոթորկեց,
Թըռավ, ցոլաց Դավթի հուր ձին,
Ձին փոթորկեց, փայլատակեց
Ու ցած իջավ Թուր-Կեծակին:

Անցավ քառսուն գոմշի կաշին,
Անցավ քառսուն քարերը ցած,
Միջից կըտրեց ժանտ հըրեշին,
Օխտը գազ էլ դենը գընաց:

— Կենդանի՛ եմ, մին էլ արի՛,
Գոռաց Մելիք հորի տակից:
Դավիթ լսեց, շատ զարմացավ
Իրեն զարկեց, Թուր-Կեծակից…

— Մելի՛ք, ասավ, թա՛փ տուր մի քեզ:
Ու թափ տըվավ Մելիքն իրեն,
Միջից եղավ ճիշտ երկու կես,
Մեկն ընկավ դեսն ու մյուսը դեն:

Էս որ տեսավ Մըսրա բանակ,
Ջուր կըտըրվեց ահ ու վախից:
Դավիթ կանչեց. — Մի՛ վախենաք,
Ակա՛նջ արեք հալա դեռ ինձ:

Դուք ըռանչպար մարդիկ, ասավ,
Ջուրկ ու խավար, քաղցած ու մերկ,
Հազար ու մի կըրակ ու ցավ,
Հազար ու մի հոգսեր ունեք։

Ի՜նչ եք առել նետ ու աղեղ,
Եկել թափել օտար դաշտեր.
Չէ՞ որ մենք էլ ունենք տուն-տեղ,
Մենք էլ ունենք մանուկ ու ծեր…

Զանձրացե՞լ եք խաղաղ ու հաշտ
Հողագործի օր ու կյանքից,
Թե՞ զըզվել եք ձեր հանդ ու դաշտ,
Ձեր հունձ ու փունջ, վար ու ցանքից…

Դարձե՜ք եկած ճանապարհով
Ձեր հայրենի հողը Մըսրա.
Բայց թե մին էլ զենք ու զոռով
Վեր եք կացել դուք մեզ վըրա,

Հորում լինեն քառսուն գազ խոր
Թե ջաղացի քարի տակին, —
Կելնեն ձեր դեմ, ինչպես էսօր,
Սասմա Դավիթ, Թուր-Կեծակին։

Էն ժամանակ աստված գիտի,
Ով մեզանից կըլնի փոշման.
Մե՞նք, որ կելնենք ահեղ մարտի,
Թե՞ դուք, որ մեզ արիք դուշման…

1902թ.

ԹՄԿԱԲԵՐԴԻ ԱՌՈՒՄԸ

ՆԱԽԵՐԳԱՆՔ

Հե՛յ, պարոննե՛ր, ականջ արեք
Թափառական աշուղին,
Սիրո՛ւն տիկնայք, ջահե՛լ տղերք,
Լա՛վ ուշ դրեք իմ խաղին:

Մենք ամենքըս հյուր ենք կյանքում
Մեր ծնընդյան փուչ օրից,
Հերթով գալիս, անց ենք կենում
Էս անցավոր աշխարհից:

Անց են կենում սեր ու խընդում,
Գեղեցկություն, գանձ ու գահ,
Մահը մերն է, մենք մա հինը,
Մարդու գործն է միշտ անմահ:

Գործն է անմահ, լա՛վ իմացեք,
Որ խոսվում է դարեդար,
Երնե՛կ նըրան, որ իր գործով
Կապրի անվերջ, անդադար:

Չարն էլ է միշտ ապրում անմեռ,
Անե՛ծք նըրա չար գործքին,
Որդիդ լինի, թե հերն ու մեր,
Թե մուրազով սիրած կին:

Ես լավության խոսքն եմ ասում,
Որ ժըպտում է մեր սըրտին.
Ո՞վ չի սիրում, թեկուզ դուշման,
Լավ արարքը, լավ մարդին:

Է՜յ, լա՛վ կենաք, ակա՛նջ արեք,
Մի բան պատմեմ հիմի ձեզ,
Խոսքըս, տեսեք, ո՞ւր է գընում,
Քաջ որսկանի գյուլլի պես:

I

Նադիր Շահը զորք հավաքեց,
Զորք հավաքեց անհամար,
Եկավ Թըմկա բերդը պատեց,
Ինչպես գիշերն էն խավար:

– Հե՜յ, քաջ Թաթուլ, կանչեց Շահը,
Անմա՞հ էիր քեզ կարծում.
Ե՛կ, բերել եմ ես քու մահը,
Ի՛նչ ես թառել ամրոցում:

– Մի պարծենա, գոռոզ Նադիր,
Պատասխանեց էն հըսկան.
Դըլխովը շա՛տ ամպեր կանցնեն,
Սարը միշտ կա անսասան:

Ասավ, կանչեց իր քաջերին,
Թուրը կապեց հավլունի,
Թըռավ, հեծավ նըժույգ իր ձին,
Դաշտը իջավ արյունի:

Ու քառսուն օր, քառսուն գիշեր
Կըռիվ տըվին անդադար,
Ընկան քաջեր, անթիվ քաջեր,
Բերդի գըլխին հավասար:

Իրան, Թուրան ողջ եկել են,
Թաթուլն անհաղթ, աննըկուն,
Զորք ու բաբան խորտակվել են,
Նըրա բերդը միշտ կանգուն:

Ու միշտ ուրախ, հաղթանակով
Իր ամրոցն է դառնամ նա.
Սպասում է էնտեղ կինը,
Ջահել կի՛նը սևաչյա:

II

Էն տեսակ կին,
Ես իմ հոգին,
Թե աշուղն էլ ունենար,
Առանց զենքի,
Առանց զորքի
Շահերի դեմ կըզըներ:

Սիրո հրնոց,
Կրակ ու բոց՝
Էնպես աչքեր թե ժըպտան,
Մարդու համար
Օրվա պես վառ
Գիշերները լույս կըտան:

Վարդի թերթեր՝
Էնպես շուրթեր
Թե հաղթություն քեզ մաղթեն,
Էյ քեզ ո՛չ Շահ,
Ո՛չ ահ ու մահ,
Ո՛չ զենք ու զորք կըհաղթեն:

III

Ու կըռվի դաշտում Շահի առաջին
Արին մի անգամ գովքը սիրունի.
Նըրան՝ իր տեսքով, հասակով, ասին,
Չի հասնի չըքնաղ հուրին Իրանի:
Ծով են աչքերը Ջավախքի դըստեր,

Ու կործում է մարդ նրրա հայացքում,
Ծակատը ճերմակ էն ձյունից էլ դեռ,
Որ բարձր Աբուլի գագաթն է ծածկում:
Նա է շունչ, հոգին իշխան Թաթուլի,
Նրրա սիրովն է հարբած էն հրսկան,
Նրրա ժպիտն է քաջին ուժ տալի,
Որ դաշտն է իջնում առյուծի նրման:
Թե տիրես, մեծ Շահ, դու նրրա սրրտին,
Թաթուլն էլ անզոր կընկնի ոտիդ տակ,
Հանգիստ կրտիրես և Թըմուկ բերդին,
Որ չես կարենում էսքան ժամանակ:

IV

Էսպես է ասել հրնուց էդ մասին
Ֆարսի բյուլբյուլը, անմահ Ֆիրդուսին.
Ի՜նչը կրհաղթի կյանքում հերոսին,
Թե չըլինին
Կինն ու գինին:

Արևի նման ճակատը պայծառ,
Նայում է խրրոխտ, կանգնած ինչպես սար,
Ո՜վ կանի նրրան գետնին հավասար,
Թե չըլինին
Կինն ու գինին:

Պարում է ասես կըռիվ գընալիս,
Գետընքից վերև թըռչում ման գալիս.
Ո՜վ ցած կը բերի նրրան թըռչելիս,
Թե չըլինին
Կինն ու գինին:

Թեկուզ և արար աշխարհ գա վըրան,
Կերթա դեմ ու դեմ, տուր չի տալ իրան,
Ռուստեմ Զալն էլ չի հաղթիլ նրրան,

Թե չըլինին
Կի՛նն ու գինին;

V

Ու ղըրկեց Շահը իր թռվիչ երգչին.
Գընա տե՛ս, ասավ, Թըմկա տիրուհուն,
Երգի՛ իմ սերը նըրա առաջին,
Պատմի՛ իմ փառքը ու գանձը անհուն:
Խոստացի նըրան իմ ոսկի գահը,
Խոստացի նըրան ամե՛ն, ամեն բան,
Ինչ որ կարող է խոստանալ Շահը,
Երկրակալ Շահը իր սիրած կընկան:

Ուր ահեղ կըռվով չի մտնիլ արքան,
Ղռնաղ է աշուղն իրեն սազի հետ.
Եվ ահա մի օր ծեր, թափառական
Մի աղքատ աշուղ մըտավ Թըմկաբերդ:

VI

Գոռում են, դողում Թըմկա ձորերը,
Կանգնած է Թաթուլ Շահի հանդիման.
Զարկում են, զարկվում դուշման զորքերը,
Արյունը հոսում էն Քըռի նըման:

Զարկում են, զարկվում դուշման զորքերը,
Արյունը հոսում էն Քըռի նըման.
Երգում է աշուղն իր Շահի սերը,
Անհուն գանձերը ու փառքն անսահման...

Լըսում է մատաղ Թըմկա տիրուհին.
Եվ վըրդովվում են իր միտքը թաքուն
Դավաճան գործի ամոթը խորին
Եվ արքայական փառքն ու մեծություն...

Լըսո՞ւմ ես դու, սիրուն տիկին,
Ա՛յ նազանի աննըման.
Նայի Շահի՛ն, իրեն զորքի՛ն,
Աշխարհքի տերն անսահման...

Մեզ պես տըկար մարդ է նա էլ՝
Սիրուններին միշտ գերի.
Քու ճակատին թագ է վայել,
Լինիս շքե՛ղ թագուհի...

Լըսում է չքնաղ Թըմկա տիրուհին
Գիշեր ու ցերեկ, նորից ու նորից...
Ու դարձավ նա լո՛տ, դալո՛ւկ, մըտախո՛հ,
Ու քունը փախավ սիրուն աչքերից...

VII

Դարձավ իր կըռվից իշխան Թաթուլը,
Դարձավ հաղթական իրեն զորքի հետ,
Սըրբեց, պատյանը դըրավ կեռ թուրը,
Ցնծության ձայնից դողաց Թըմկաբերդ:

Խընջույք է սարքել Թըմկա տիրուհին,
Ցերեկ է արել խավար գիշերը.
Հեղեղի նըման հոսում է գինին,
Ու քեֆ է անում Ջավախքի տերը:

Պըտույտ է գալի չըքնաղ տիրուհին,
Անցնում է, հըսկում սեղաններն ամեն,
Հորդորում, խընդրում, որ ուրախ լինին,
Որ լիքն ու առատ բաժակներ քամեն:

– Հապա լըցրե՛ք, իմ քաջ հյուրեր,
Բաժակներըդ լիուլի,

Խըմենք – աստված կըտրուկ անի
Թուրը իմ քաջ Թաթուլի:

Է՜յ, տեր աստված կըտրուկ անի
Թուրը մեր քաջ իշխանի,
Նըրա շուքը միշտ հանապազ
Մեր գըլխիցը անպակաս:

Ու թընդում է Թըմուկ բերդը;
Էն աղմուկից խընդաթյան,
Որոտում են տաղն ու երգը
Գոռ ձայներով հաղթական:

– Էն մըթին ամպից արծի՞վն է իջնում,
Սարի արծիվը շեշտակի թափով:
– Էն Թըմկա բերդից Թաթուլն է իջնում,
Թըշնամու հոգին լըցնում սարսափով:

– Էն Թըմկա ձորում սև ա՞մպն է գոռում,
Էն շա՞նթն է ճաթում էնպես ահարկու:
– Էն Թըմկա ձորում Թաթուլն է կըռվում,
Էն թուրն է շաչում էնպես ահարկու:

Ի՜նչ սար՝ի արծիվ կըհասնի քաջին,
Ի՜նչ Շահ կըկանգնի նըրա առաջին:
Ու չի դադարում երգի հետ վարար
Կախեթի գինին խելագար հոսել.
Խըմում են տիկնոջ թանկ կյանքի համար
Որ էն ժայռերին ծաղիկ է բուսել:

Խըմում են կըռվող քաջերի փառքին,
Որ կըռվի դաշտում կյանք չեն խընայում,
Եվ ընկածների սուրբ հիշատակին,
Որ երկընքիցն են այժմ իրենց նայում…

Պըտուտ է գալի ծաղիկ տիրուհին,
Անցնում է, հըսկում սեղաններն ամեն,
Հորդորում, խընդրում, որ ուրախ լինին,
Որ լիքն ու առատ բաժակներ քամեն:

– Օ՜ֆ, տիրուհի, աստված վկա,
Էլ չենք կարող մենք խըմել.
Էլ ուժ չըկա, էլ տեղ չըկա,
Շատ ենք խըմել ու հոգնել...

Ու հանգչում է Թըմուկ բերդը,
Պապանձում է ու մարում,
Հարբած, հոգնած տերն ու զորքը
Մըրափում են խավարում:

VIII

Լուռ ու խավարչտին կամարների տակ,
Հոգնած ու քընած բազմության վըրով
Թըռչում են, թըռչում, սև, չարագուշակ
Երազներն ահեղ, անվերջ խըմբերով:

Երազ է տեսնում Թաթուլ իշխանը,
Որ վիշապ օձը եկել է ահա,
Եկել փաթաթվել, իր բերդը պատել,
Գըլուխը դըրել էտ պռշի վրա:

Ու բարձրացնում է հըրեշն ահռելի,
Իրեն գըլուխը բարձրացնում է վեր,
Բարձրացնում մինչև բարձունքը բերդի,
Մինչև Թաթուլի պալատն ու տըներ:

Պառկած է իբրև Թաթուլ իշխանը
Նազելի կընոջ գըլխին իր կըրծքին,
Ու իբր ասում է՝ վե՜ր կաց, իմ հրեշտակ,
Թո՛ղ, որ սպանեմ ես էդ հըրեշին:

Էսպես է ասում Թաթուլ իշխանը,
Ու զարհուրանքով տեսնում է հանկարծ,
Իրեն սիրելի կընոջ գըլխի տեղ
Օձի գըլուխն է կըրծքին ծանրացած...

IX

Է՜յ, հըսկեցեք, ի՞նչ եք քընում,
Քաջ զինվորներ Թաթուլի.
Ո՞վ է, տեսեք, տանջվում մըթնում,
Քուն չի աչքին մոտ գալի:

Չըլինի՞ թե հաղթահարված,
Ճարը հատած թըշնամին
Դավ է դընում մութն ու մեռած
Կես գիշերվա էս ժամին:

Վե՜ր կացեք, վե՜ր, ամբողջ գիշեր
Մարդ է գընում ու գալի.
Հե՜յ, զարթնեցե՜ք, առյուծ քաջեր,
Պահապաններ Թաթուլի:

Վե՜ր կացեք, վե՜ր, հարբեցրել է
Իր հաղթական հյուրերին,
Բաց է անում դուռն ու դարպաս
Ձեր դավաճան տիրուհին:

Դա՜վ...դա՜վ...ելե՜ք...կոչնա՜կ...պահնա՜կ...
Զենք առեք շո՜ւտ...ձի հեծե՜ք, ձի՜ ...
Ճըռընչում են, դըղըրդում են
Դարպասները երկաթի...

X

Բաց արավ ցերեկն իր աչքը պայծառ
Աշխարհիքի վըրա, Ջավախքի վըրա,
Ավերակ բերդին, սև ամպի նըման,
Ծուխն ու թըշնամին չոքել ենահա:

Հաղթության փառքով ու գինով հարբած
Քընած են բերդի և՛ զորքերն, և՛ տեր,
Ու հավիտյան էլ մընացին քնած,
Դավին անտեղյակ, ցավին անտարբեր:

Նըստած է Շահը. նըրա առաջին
Ահա իրիկվան քեֆի սեղանը.
Նայում է Շահը անտեր զահույքին,
Մտքովն անցնում է աշխարհիքի բանը:

Աշխարհիքում հաստատ չըկա ոչ մի բան.
Ու մի՛ հավատալ երբեք ոչ մեկին.
Ոչ բախտի, փառքի, ոչ մեծ հաղթության,
Ոչ սիրած կնկա տըված բաժակին...

Ու լի դառնությամբ հարցընում է նա
Դալուկ, մարմարիոն Թըմկա տիրուհուն.
– Պատասխան տո՛ւր ինձ, մատնիչ սնաչյա,
Մի՞թե Թաթուլը քաջ չէր ու սիրուն...

– Քաջ էր ու սիրուն քեզնից առավել.
Մի բարձր ու ազնիվ տղամարդ էր նա.
Կնոջ մատնությամբ ամրոց չէր առել,
Չէր եղել կյանքում երբեք խաբեբա...

Էսպես տիկինը տըվավ պատասխան.
Անհուն ցասումից մըռընչաց Շահը.
– Հե՛յ, դահի՛ճ, գոռաց գազանի նըման.
Դահիճը իսկույն մըտավ սրահը:

XI

Դաժան եկավ ոտից գլուխ
Կարմիր հագած ու արյուն,
Ու դուրս տարան իր պալատից
Թըմկա չըքնաղ տիրուհուն:

Տարան անտակ էն ժեռ քարից,
Որ կանգնած է մինչ էսօր,
Էն ահավոր քարի ծերից
Գըլորեցին դեպի ձոր:

Գել ու աղվես եկան հանդից
Ազահ սիրտը լափեցին,
Ցին ու ագռավ իջան ամպից,
Սև աչքերը հանեցին:

Անցավ անտես ու աններման
Էն սիրունը աշխարհից,
Ինչպես ծաղիկն անցած գարնան,
Որ չի ծաղկիլ էլ նորից:

Անցավ զալում էն մեծ արքան
Իրեն փառքով ու զորքով, Անցավ
Թաթուլն էն հաղթական
Ու իր քաջերն էն կարգով:

Ու նըրանցից մենակ անմեռ
Էս զրույցը հասավ մեզ,
Որ մեզանից հետո էլ դեռ
Պետք է խոսվի միշտ էսպես:

XII

Հե՜յ, պարոններ, ականջ արեք
Թափառական աշուղին,
Միրո՛ւն տիկնայք, ջահե՛լ տըղերք,
Լավ ուշ դըրեք իմ խաղին:

Ամենքս էսպես հյուր ենք կյանքում
Մեր ծնընդյան փուչ օրից,
Հերթով գալիս անց ենք կենում
էս անցավոր աշխարհից:

Անց ենք կենում...միայն անմահ
Գործն է խոսվում լավ ու վատ.
Ա՜խ, երանի՝ ո՛վ մարդ կըգա
Ու մարդ կերթա անարատ:

ՑԱՆԿ

www.ingramcontent.com/pod-product-compliance
Lightning Source LLC
Chambersburg PA
CBHW010400310726
48979CB00017B/2802/J

* 9 7 8 1 6 4 4 3 9 7 5 6 5 *